Im Bann der 73er

Im Bann der 73er

Salih Kul

PLURAL
Köln 2024

PLURAL Publications GmbH
Colonia-Allee 3 | D-51067 Köln
T +49 221 942240-260 | F +49 221 9422405-201
www.pluralverlag.eu | info@pluralverlag.eu

1. Auflage, Köln, August 2024

Autor
Salih Kul

Design | Satz | Druck
PLURAL Publications GmbH

ISBN: 978-3-949982-48-4

INHALT

STECKBRIEF

Alter:	16 Jahre
Eltern:	aus Somalia
Wohnort:	Berlin
Geschwister:	zwei ältere Brüder
Größe:	1,54 m
Gewicht:	48 kg

TAHA

Wie seine beiden großen Brüder ist Taha ein begnadeter Fußballer. Er ist schnell, wendig, und wenn er auf engstem Raum seine Gegner schwindelig spielt, könnte man meinen, dass der Ball an seinem Fuß klebt.

Dazu ist Taha ein Taktikfuchs. Er hat für fast alles einen Plan. So lernt er vor einer Klassenarbeit lieber eine Woche regelmäßig als stundenlang am letzten Tag. Schon heute weiß er, was er wo studieren will. Und: Er ist ein Champion bei Strategiespielen. Aber nicht nur da! Wer kennt nicht „Wer zuerst lacht, hat verloren!“, bei dem man seinem Gegner ganz ernst in die Augen schaut, bis einer loslacht? Pokerface Taha gewinnt dabei immer.

Taha ist zwar der Kleinste von den Fünfen, aber man sollte bloß nicht den Fehler machen, ihn wegen seiner Größe zu hänseln. Dann kann Taha sehr unangenehm werden.

STECKBRIEF

Alter:	16 Jahre
Mutter:	aus Albanien
Vater:	aus Algerien
Wohnort:	Berlin
Geschwister:	ein kleiner Bruder
Größe:	1,88 m
Gewicht:	79 kg

AMIN

Amin ist wie seine Mutter eine richtige Sportskanone. Wer nicht schon mal mit ihm auf dem Sportplatz stand, wird kaum glauben, dass er Mitglied der Jugendnationalmannschaften für Leichtathletik, Hockey und American Football war. Zurzeit macht er vor allem Kampfsport. Für Amin müsste sich die Schule eine neue Auszeichnung bei den Bundesjugendspielen ausdenken, denn die Punkte für die Ehrenurkunde holt er schon mit der ersten Disziplin.

So fit wie im Sport zeigt er sich aber nicht in jeder Situation. Er steht auch manchmal ganz schön auf dem Schlauch und haut den einen oder anderen Spruch heraus, den er sich besser verkniffen hätte. Aber wirklich übel nehmen kann man ihm das nie. Schließlich besitzt er wie sein Vater eine grenzenlose Gutmütigkeit.

STECKBRIEF

Alter:	14 Jahre
Eltern:	aus Pakistan
Wohnort:	Berlin
Geschwister:	eine ältere Schwester
Größe:	1,55 m
Gewicht:	52 kg

KARIM

Karim ist der ruhige Fels in der Brandung. Wenn die anderen kurz vor dem Ausrasten sind, bleibt er immer cool. Obwohl Karim der Jüngste im Team ist, lässt er sich nicht unterkriegen. Irgendwie passt es ganz gut, dass ihm selbst die schärfsten Chilis nichts ausmachen. Wenn ihm Ältere unfreundlich oder überheblich kommen, lädt er sie gerne auf einen richtig scharfen „Snack" ein. Während sie rot anlaufen, verkneift er sich das Lachen.

Von Amin hat er den Spitznamen „Karikon" bekommen, denn Karim liest alle zwei Wochen ein Buch. Mit dem Allgemeinwissen würde Karim bei „Wer wird Millionär?" richtig abräumen. Am besten kennt er sich aber im Koran und der Sunna, also der Lebensweise des Propheten, aus. Kein Wunder: Seine Mutter Hadidscha Faruki hat in Pakistan Theologie studiert. Seit vier Jahren ist sie im Vorstand des Islamischen Dachverbands Berlin.

STECKBRIEF

Alter:	16 Jahre
Mutter:	aus Aserbaidschan
Vater:	aus Deutschland
Wohnort:	Berlin
Geschwister:	keine
Größe:	1,84 m
Gewicht:	90 kg

ILICAN

Wenn Ilıcan vor einem steht, so groß wie Amin, aber auch ganz schön massig, würde wohl kaum einer darauf kommen, wie geschickt und geduldig er mit seinen Fingern hantiert. In den Geschicklichkeitsspielen mit den durchsichtigen Würfeln ist er ein Meister. Die Minikugeln eiern nicht in die winzigen Löcher, nein, er lenkt sie hinein! Und einen Faden führt er so locker ins Nadelöhr, wie Taha aus drei Metern ins leere Tor schießt.

Diese Fähigkeiten nutzt Ilıcan ziemlich clever. Sein Spitzname: „Dr. Smartphone"! Schon mit fünf Jahren fand er es zu langweilig, Spielzeugautos auseinanderzubauen, und nahm lieber die alten Handys seines Vaters. Mit acht Jahren reparierte er erfolgreich die Festplatte seines PCs. Und seit zwei Jahren kümmert er sich zur Freude seiner Mitschüler um deren defekte Smartphones, Laptops und Tablets. Gegen ein kleines Taschengeld natürlich! Was Ilıcan überhaupt nicht kann: aus der eigenen Haut fahren.

STECKBRIEF

Alter:	16 Jahre
Großeltern:	aus der Türkei
Wohnort:	bei Mannheim
Geschwister:	eine kleine Schwester
Größe:	1,71 m
Gewicht:	58 kg

MALIK

So charmant wie Malik sind nicht viele in dem Alter. Er ist zuvorkommend, lobt und macht gerne Komplimente. Diese Gabe setzt er clever ein, wenn die anderen ihn mal wieder vorschicken, um etwas auszuhandeln.

Dazu ist er echt kreativ. Die besten Ideen fallen ihm ein, wenn er mit seiner Gebetskette spielt oder auf dem Longboard steht und lässig über den Asphalt der Straßen rollt. Was Malik überhaupt nicht leiden kann, ist Enge, egal ob im Fahrstuhl, in überfüllten Bussen oder im Fußballstadion. In solchen Situationen möchte er nur raus und seiner zweiten Leidenschaft, dem Parcouring, nachgehen. Das Fliegengewicht springt waghalsig von Dächern, Wänden und Treppengeländern.

Maliks Großeltern stammen aus der Türkei, seine Eltern sind in Berlin geboren. Trotzdem ist Malik der einzige der fünf Freunde, der zurzeit nicht in der Hauptstadt wohnt.

DAS VERSCHWINDEN VON SEBASTIAN S.

Die dichten, dunklen Äste der Tanne sind eine ausgezeichnete Tarnung. Dazu noch die Dämmerung – Karim hat ein fast perfektes Versteck gefunden. Von hier beobachtet er, wie Gendarm Ilıcan schon zum dritten Mal so dicht an ihm vorbeigeht, dass er ihn mit den Nadeln eines Zweiges locker am Ohr kitzeln könnte.

Plötzlich ein Rascheln an der Hecke gegenüber, Räuber Taha wurde entdeckt. Er flüchtet im Vollsprint davon, Malik, der andere Gendarm, jagt hinter ihm her. Das ist Ilıcans Auftritt, er versperrt Taha den Weg und schlägt ihn ab. Gemeinsam mit Malik führen sie den Räuber ins Gefängnis, wo er sich zu Amin gesellen kann. Jetzt müssen sie nur noch Karim kriegen.

Heute Mittag sind die vier Detektive – Ilıcan, Taha, Karim und Amin – in Mannheim angekommen. Sie hatten schon ewig vor, Malik zu besuchen. Schließlich wollen sie wissen, wo und wie ihr Kumpel lebt. Von hier wollen sie dann alle gemeinsam in die Türkei fliegen und bei Maliks Verwandten Urlaub machen. Malik wird ein bisschen länger in der Türkei bleiben. Die Berliner Jungs müssen früher zurück, weil ihre Ferien früher aufhören. So werden die Verwandten Malik noch ein bisschen für sich haben.

Vom Mannheimer Bahnhof mussten sie heute Mittag 20 Minuten mit dem Bus fahren, bis sie in dem kleinen Dorf Wertersbach ankamen. Hier wohnt also Malik mit seiner jüngeren Schwester und seinen Eltern. Als Taha die Ortschaft sah, fragte er sich, wie er es hier vier Wochen aushalten sollte. Nach der Ankunft packen sie ihre Sachen aus und sind erst einmal raus. Trotz des Widerstands von Taha. Er wollte lieber zu Hause bleiben und am Tablet spielen.

Zum Glück konnten sie ihn überreden, denn keiner nimmt das Spiel so ernst wie er: „Karim, bleib, wo du bist! Wir geben dir ein Zeichen", ruft Taha in die Gegend. Gerade machen sich Malik und Ilıcan wieder auf die Suche, als ein Mädchen in ihrem Alter um die Ecke kommt. „Hey Malik, ich muss dringend mit dir sprechen." Es ist Tina aus seiner Schule.

Die beiden arbeiten zusammen in der Redaktion der Schülerzeitung „4. Gewalt", die Malik wenige Wochen nach seinem Praktikum beim Berliner Journal gegründet hat. Zu der Zeit löste er mit den anderen von T.A.K.I.M. den Fall mit dem Drachenorden.

Jetzt geht es nicht um die Schülerzeitung. Tina hat ein persönliches Anliegen. Überrascht schaut sie die anderen Jungs an: „Sind das deine Freunde aus Berlin?"

Malik zieht seine Kumpels zu sich: „Ja, das sind Amin, Taha und Ilıcan." Irgendetwas stimmt mit Tina nicht, merkt Malik.

Die Antwort hat sie gar nicht mitbekommen, stattdessen vergewissert sie sich: „Sind das die Detektive, mit denen du schon echte Kriminalfälle gelöst hast?"

Die Jungs können sich ein stolzes Lächeln nicht verkneifen. „Na ja, es war ein Typ, der in Moscheen teure Schuhe klaute und dann eine Gruppierung, die kleine Anschläge auf Muslime verübte und größere plante“, erklärt Malik.

Amin unterbricht: „Kleine Anschläge? Um ein Haar wären Tausende umgekommen. Zum Glück sind wir dazwischen gegrätscht.“

„Dann wäre es gut, wenn ihr auch dabei seid! Können wir uns irgendwo hinsetzen?“, fragt Tina.

„Klar, aber wir brauchen noch Karim“, Malik schaut sich überall nach ihm um. Sie rufen ihn. Nichts bewegt sich. Warum kommt er nicht raus? Da fällt Ilıcan endlich auf, wie gut die Tarnung der Tanne ist. Ilıcan schiebt die Zweige zur Seite, bis er Karim entdeckt: Zusammengekauert sitzt er auf der Wurzel und lehnt seinen Kopf an den Baumstamm. „Junge, schläfst du?“, Ilıcan kriegt sich kaum ein vor Lachen,

während Karim stöhnt: „Oh, bin ich müde. Wir sind viel zu früh aufgestanden." Er schüttelt die Nadeln von seiner Kleidung, dann machen sich alle sechs auf den Weg zu Malik.

Es trifft sich gut, dass Maliks Eltern und seine Schwester nicht da sind. So können sie ungestört auf der riesigen grauen Eckcouch im Wohnzimmer Platz nehmen. Tina und Malik sitzen auf dem Seitenteil, der Rest unter einem zwei Meter breiten Bild von Istanbul. Vorne fließt der Bosporus, im Hintergrund ist die Sultan-Ahmed-Moschee und die Hagia Sophia zu sehen. Kaum haben sie sich gesetzt, fängt Tina an, von den Sorgen um ihren großen Bruder zu erzählen: „Sebastian ist weg."

„Wie, er ist weg? Was meinst du?" Malik kennt Tinas großen Bruder Sebastian. Weil auf sein Erscheinen so sicher Zoff folgt wie das Gebet auf den Azân, ist Malik ihm gerne aus dem Weg gegangen. Sebastian einen Tick zu lange in die Augen zu schauen, kann ein großer Fehler sein. Dabei sind seine Augen einfach krass: Das Grün fällt besonders auf, weil seine Haut eher dunkel ist.

„Er ist seit heute früh verschwunden", erklärt Tina. Sie schaut die Jungs nicht an, sie blickt auf das Bild von Istanbul, als wenn sie darüber nachdenken würde, ob er sich irgendwo bei der Sultan-Ahmed-Moschee verstecken könnte oder dorthin verschleppt wurde.

Malik will kurz die Sonnenblumen- und Kürbiskerne aus der Küche holen, die Ilıcan ihm aus Berlin mitgebracht hat. Ilıcan wusste, wie sehr Malik Çekirdek liebt. Maliks Mama schenkt er Baklava.

Malik kann Tinas Sorgen zunächst nicht teilen. Beim Verlassen des Wohnzimmers ruft er noch:

„Tina, er ist erst seit ein paar Stunden weg. Dein Bruder ist 24 Jahre alt! Er ist doch oft ein ganzes Wochenende weg, ohne dass ihr wisst, wo er steckt!" Nach nicht einmal einer Minute kommt Malik wieder zurück. Er stellt die Kerne auf den Tisch.

Karim und Amin fällt es schwer, die Kerne mit den Schneidezähnen so sachte zu spalten, dass das Innere ganz bleibt. Jedes Mal zerbricht die Schale in kleine Stücke und sie haben einen Mix aus Kernen und Schalen im Mund. Lange genug hat Karim es wie Malik versucht, jetzt gibt er auf. Amin isst die Schalen einfach mit. Nicht so Microtechniker Ilıcan. Er spaltet die Schalen auf eigene Art: Vorsichtig schlitzt er sie mit dem Fingernagel auf und holt den unversehrten Kern heraus.

Nicht nur die Kerne nerven Karim, sondern auch Tannennadeln, die ihm zwischen Hemd und Rücken gerutscht sind. Sie kratzen. Er schüttelt sein Hemd aus. Ein paar Nadeln fallen auf die Coach. Während Karim sie aufsammelt und sie auf den Haufen mit den leeren Schalen legt, nimmt sich Tina auch einen Kürbiskern: „Dieses Mal ist es was anderes."

Malik kann sich das nicht erklären: „Wie kommst du darauf?" Darauf erzählt Tina, wie ihr Bruder in den letzten Wochen mehrmals angekündigt hat, bald weg zu sein. Amin rutscht vor auf die Kante der Couch: „Hat er noch etwas gesagt?"

„Nur dass die Leute sich noch richtig wundern werden."

„Oh!", jetzt wird Malik klar, warum Tina sich sicher ist, dass ihr Bruder nicht so schnell wieder auftaucht. Sebastian hat die letzten Wochen einen Lebenswandel vollzogen. Erst freute sich Malik riesig, denn Sebastian ist zum Islam übergetreten. Malik ging davon aus, dass die Religion ihn besänftigen und ausgeglichener und vielleicht auch zielstrebiger im Leben machen würde. Er nahm sich vor, Sebastian zu begleiten. Leider suchte sich Sebastian andere Muslime als Freunde. So merkte er früh, dass sich Sebastian fast nur äußerlich veränderte. Er blieb weiterhin aggressiv, auch wenn er nun „wallahi" statt „ich schwöre" sagte und seine Kleidung orientalisch wurde.

Einmal hatten Sebastian und Malik sogar Zoff wegen seiner Klamotten. Malik lief mit einem Cappy herum, auf dem stand: „Lächeln ist Sunna". Als Sebastian das sah, lachte er Malik aus. Er glaubte Malik nicht, dass Allah die Gläubigen wirklich für ihr Lächeln belohnt. Ein paar Tage später trug dann Sebastian ein T-Shirt mit der Aufschrift „Machst Du kein HARAM, bleibt alles TAMAM". Als Malik das erzählt, rutscht Amin heraus: „Au Mann, ist das peinlich." Amin hat zwar Recht, könnte sich vor Tina aber trotzdem beherrschen, denkt sich Malik. Ilıcan lenkt schnell ab: „Wie lange ist er denn schon Muslim?"

Tina hält den einen Kürbiskern immer noch in der Hand, dreht und wendet ihn bestimmt zum hundertsten Mal: „Vielleicht drei, vier Monate. Bei uns in der Familie hat Religion nie eine Rolle gespielt. Weder das Christentum noch eine andere Religion."

Ilıcan hat keine Idee, was der Übertritt zum Islam mit dem Verschwinden zu tun haben könnte: „Tina, was denkst du, was hat dein Bruder vor?" Tina hat nicht richtig zugehört: „Wie bitte?" Nachdem Ilıcan die Frage wiederholt, sprudelt es voller Verzweiflung aus ihr heraus: „Ich weiß nicht, aber in den letzten Jahren sind so viele grausame Dinge passiert. Anschläge auf ein Konzert, bei einem Fußballspiel, auf einem Weihnachtsmarkt", Tina stockt der Atem: „Sebastian hat einfach so verrückte und extreme Ansichten in letzter Zeit gehabt." Bei den Worten hört sogar Amin kurz auf, sich die Kerne in den Mund zu stopfen. Alle schweigen.

Nach einer Weile hält Taha die Stille nicht mehr aus. Er weiß nicht so recht, was er Tina raten kann. Ihm fällt nur ein: „So oder so, deine Mutter sollte sich auf jeden Fall bei der Polizei melden!" Dazu verspricht Malik, dass T.A.K.I.M. ihr helfen wird. Tina ist mehr als erleichtert, dass sich die Detektive der Sache annehmen. Tina lehnt sich ein wenig gelassener zurück: „Was habt ihr jetzt vor?"

Malik: „Als erstes werden wir uns ein bisschen umhören."

„Wenn ich meinerseits was tun kann, gebt mir Bescheid. Ich möchte nicht zu Hause Däumchen drehen, während mein Bruder in Gefahr schwebt. Und meldet euch, sobald ihr was hört", bittet Tina. Malik gibt ihr sein Wort. Kurz darauf legt Tina den Kürbiskern zurück, steht auf und sie verabschieden sich.

Heute ist es zu spät geworden, um noch etwas zu unternehmen. Wenig später kommen Maliks Eltern nach Hause. Sie freuen sich riesig die Jungs zu sehen. Karim reicht Maliks Mutter ein Geschenk. Als sie es auspackt, muss sie schmunzeln. „Was ist denn da drauf", fragt Malik neugierig. Seine Mutter dreht das Bild zu den Jungs und erzählt: „Schaut mal, das sind eure Mütter und ich. Da waren wir so alt wie ihr."

„Das war nicht in Berlin, oder Tante?", fragt Taha: „Kann ich es kurz haben?"

Maliks Mutter reicht es ihm: „Nein, das war in Österreich. Wir haben da an einem Treffen junger europäischer Muslime teilgenommen."

Ilıcan staunt: „Ich wusste gar nicht, dass ihr euch so lange kennt."

„Doch, doch. Wir waren alle sehr aktiv in der Moschee. Aber deine Mutter, Karim, war schon damals unsere Wortführerin." Maliks Mutter erzählt den Detektiven noch lustige Geschichten aus früheren Tagen, bis sie müde wird.

Die Detektive gehen in den Keller, wo Malik sein Reich hat. Das Zimmer ist riesig und dazu hat er ein eigenes Bad. Wie die Sardinen liegen die fünf Freunde nebeneinander auf Matratzen. Amin kommt noch einmal auf Sebastian zu sprechen: „Der ist ein ganz schönes Kind. Haram hier, haram da. Aber was soll's? Einfach nicht ernst nehmen!"

Malik ist schon fast eingeschlafen, aber den Spruch hat er trotzdem noch mitbekommen. Und es ärgert ihn, dass sich Amin schon wieder so abfällig über Tinas Bruder äußert: „Was meinst du damit, Amin?"

„Leute, ich hab auch so einen Typen in der Nachbarschaft, der beim Fußball ständig von haram und so redet. Dabei ist er nicht mal Muslim. Ist doch egal! Ich find's nur witzig. Kein Grund so eine Panik zu machen! Lasst uns lieber die Tage chillen. Wir sind doch gekommen, um die Ferien zu genießen", hofft Amin.

Malik ist zu müde, um auf Amin zu reagieren, obwohl er das auf keinen Fall stehen lassen möchte. Denn erstens ist Sebastian der Bruder von Tina und zweitens kann er großen Schaden anrichten. Aber die Gedanken kriegt Amin nicht mit. Ilıcan ist der Letzte, der noch was zu sagen hat: „Amin, lass mal jetzt schlafen! Ich befürchte, dass in den nächsten Tagen einiges auf uns zukommt, Salam!“

ZU GAST IM ROCKER-CAFÉ

Es gibt Situationen, in denen sich Amin viel Zeit lässt. Aber niemals beim Morgengebet! Da geht es kaum knapper – keine Sekunde verschwendet er. Keine zehn Minuten braucht er für: Aufstehen, ins Badezimmer gehen, Wudû, zwei Rakas Sunna und zwei Rakas Pflichtgebet. Zwischendurch sagt er nichts, schaut weder in den Spiegel noch auf sein Handy.

Die Boxlegende Muhammad Ali tönte mal aus Spaß: Wenn ich den Lichtschalter drücke, liege ich schneller im Bett, als das Licht aus ist. So läuft es heute am Ende des Gebets: Karim, der vorbetet, verlängert gerade noch das Ende von „Assalâmu alaykum wa rahmatullâh“, da hat Amin schon fast die Decke über sich gezogen.

Ein paar Minuten später legen sich auch Taha und Ilıcan hin. Da sieht Malik, wie Karim auf seiner Matratze sitzt und mit den Händen gestikuliert: „Was machst du da?“

„Vokabeln lernen.“

„Und dabei machst du solche Faxen?“, wundert sich Malik.

„Quasi. Ich lerne seit zwei Monaten Gebärdensprache.“

Taha, der schon lag, setzt sich wieder: „Das geht ungefähr so.“ Er fuchtelt irgendwie mit den Händen vor seinem Gesicht und verzieht Mund und Augen zu albernen Grimassen. Karim sagt zwar nichts, aber es verletzt ihn. Taha hat sich bisher null dafür interessiert. Malik hat dagegen tausend Fragen: „Gebärdensprache, was‘n das genau?“

„Über Gebärdensprache unterhalten sich Taubstumme. Es gibt Handzeichen, man spricht lautlos Worte oder macht Zeichen mit dem Gesicht. Leider gibt es für taubstumme Muslime in Deutschland kaum religiöse Angebote.“ Schade, dass Taha sich wieder hingelegt hat und Karims Worte nicht mitkriegt.

Ilıcan hat sie noch gehört, er kann nicht einschlafen. Er merkt, dass irgendetwas in der Gruppe nicht stimmt. Erst gestern Abend hatten sich Malik und Amin in der Wolle, und jetzt auch noch Taha und Karim.

Malik denkt laut nach: „Dann kennen Taubstumme das Gefühl gar nicht, wenn jemand mit schöner Stimme Koran liest oder den Azân, so wie Amin zum Beispiel“, Malik reibt mit der rechten Hand seinen linken Oberarm.

Karim hat schon öfter darüber nachgedacht: „Aber stell dir mal vor, wenn sie dann – inschallah – im Paradies zum ersten Mal die Worte Allahs hören!“

„Allahu akbar. Ich glaube, ich würde in Ohnmacht fallen. Kann man im Paradies in Ohnmacht fallen?“, will Malik wissen.

„Keine Ahnung. Wenn, dann wird es sich gut anfühlen. Eigentlich müsste es so sein, dass sich Muslime besonders für Taube einsetzen. Es waren Muslime in Bagdad, die vor Jahrhunderten auf die Idee mit dem Blindenhund kamen“, Karim macht seinem

Spitznamen Karikon alle Ehre. Malik staunt, wird aber auch langsam wieder müde: „Karim, du musst mir unbedingt noch mehr davon erzählen. Aber lass uns noch ein bisschen schlafen."

Drei Stunden später macht sich T.A.K.I.M. auf den Weg zu Tina, um mehr über Sebastian zu erfahren. Einen Vater gibt es im Leben von Tina, Sebastian und ihrer Mutter nicht mehr. Der hat sich nach Tinas Geburt aus dem Staub gemacht. Die Jungs bestanden auf das Treffen mit der Mutter, obwohl Tina die Idee nicht so gut fand. Sie befürchtet, dass ihre Mutter die Detektive vorschnell mit Sebastians neuen Freunden in einen Topf wirft. Bei Malik ist sie sicher, dass er die richtigen Worte findet. Aber wie wirken die anderen auf sie?

Hätte Tina ihrer Mutter nicht erzählt, dass die Jungs schon ein paar Kriminalfälle aufgeklärt haben, würde die Mutter sie nicht in die Wohnung lassen. Sie hat heute frei, muss nicht zu ihrer Arbeit ins Dentallabor. Zu siebt sitzen sie am Tisch. Die Mutter pafft nervös eine Zigarette nach der anderen. Malik fängt das Gespräch an: „Frau Siehler, wie war eigentlich Ihre Beziehung zu Sebastian in letzter Zeit?"

Die Mutter blickt nachdenklich zur Decke: „In den letzten Jahren haben wir immer weniger miteinander gesprochen. Ich habe für ihn gekocht und die Kleidung gewaschen. Für mehr interessierte er sich nicht." Malik wagt sich ein Stück weiter: „Und wie war das für Sie, als er sich auf einmal mit dem Islam beschäftigte?"

Tinas Mutter dreht sich zur Seite, um den Qualm nach hinten zu pusten, bevor sie antwortet: „Zunächst war ich froh, weil Sebastian nicht mehr vollgekifft oder betrunken nach Hause kam.

Aber richtig ernst habe ich es nicht genommen." Ilıcan fragt nach dem Grund. Schmallippig erzählt sie: „Ich dachte, es wäre nur eine Phase. Er hat ja vorher alles Mögliche probiert: Gangster-Hiphopper, Motorradrocker, Ultra-Fan beim Fußballklub Waldhof Mannheim." Während Taha sich fragt, warum sie antwortet, wenn sie keine Lust dazu hat, denkt sich Ilıcan: Krass! Sebastians Cliquen sind kein Streichelzoo!

„Wisst ihr, bei meinem Sohn war zuletzt alles nur noch schwarz oder weiß. Alles aus dem Westen war böse und alles von Muslimen war gut", erzählt Tinas Mutter ein bisschen vorwurfsvoll.

„Oh, wir kennen solche Leute. Lassen sie mich raten: Er behauptete auch, dass der Westen in Wirklichkeit hinter Terroranschlägen steckt?", fragt Taha, um sie aus der Reserve zu locken. Tinas Mutter erkennt, dass sich die Jungs bei aller Skepsis zumindest gut auskennen: „Ja, das meinte er!"

Aus der Umhängetasche holt Taha sein Handy. Er übernimmt weiter: „Und dann hat er Ihnen Videos gezeigt, in denen Verschwörungstheorien erklärt wurden. So wie die hier, richtig?" Er sucht kurz auf Youtube ein paar weitverbreitete Videos, zeigt ihr das Handy und wischt von einem Video zum nächsten.

„Ja, genau", ein paar Videos kommen ihr bekannt vor. Allmählich gibt Frau Siehler ihre Blockadehaltung gegenüber den Detektiven auf: „Wie denkt ihr denn über die Anschläge?"

Amin bringt sich ein: „Alles nur bla, bla, bla. Ich kenn das, die spucken große Töne, aber sind vollkommen harmlos. Das wird sich alles legen." Malik rollt die Augen. Heute will er Amin definitiv noch darauf ansprechen.

Aber jetzt will er erstmal Frau Siehlers Frage beantworten: „Sie sind eine Katastrophe für alle." Tinas Mutter stutzt. „Zunächst für die Verstorbenen und Verletzten. Dann für die Angehörigen. Aber auch für uns Muslime allgemein. Wir sehen, wie Vorurteile, Zwietracht und Gewalt zunehmen." Tinas Mutter möchte das erklärt kriegen. „Es gibt zum Beispiel Umfragen darüber, was die Menschen hierzulande am ehesten mit dem Islam verbinden. Ich sage Ihnen, auf den Top-Drei-Plätzen waren nur Dinge wie Gewalt gegen Andersgläubige, Unterdrückung der Frauen und Fanatismus. Also eigentlich genau das Gegenteil von dem, was wir darunter verstehen", erklärt Malik.

Ilıcan geht noch tiefer in das Thema: „Aber dabei bleibt es leider nicht. Was schätzen Sie, wie viele Anschläge es im letzten Jahr auf Moscheen und Muslime gab?"

Tinas Mutter überlegt: „Keine Ahnung, ich habe nichts mitbekommen."

„Ja, leider hört man davon nur wenig. Laut dem Online-Nachrichtenmagazin IslamiQ waren es im Durchschnitt fast jeden Tag zwei!"

Karim ergänzt: „Und übrigens, die meisten Opfer von Terroranschlägen ‚im Namen des Islam' sind Muslime selbst."

Das kommt Frau Siehler spanisch vor. Auch ohne dass sie etwas sagt, merkt Malik das: „Sie haben vielleicht die Anschläge in London, Paris, Madrid oder New York im Kopf. Aber im Irak, Afghanistan, Pakistan, der Türkei oder Syrien verlieren tagtäglich Menschen bei Anschlägen ihr Leben. Und egal wo, jedes Opfer ist zu viel", erklärt Malik und fährt fort: „Alle Seiten tragen ihren Teil der Schuld. Politiker, Medien und auch wir Muslime." Tinas Mutter denkt nach. Es liegt eigentlich gar nicht so fern, die Dinge so zu sehen: „Macht euch das nicht unheimlich ohnmächtig?"

Ohnmacht und Taha – das passt nicht zusammen: „Nein, man muss was unternehmen."

„Was macht ihr denn dagegen?", Frau Siehler kann sich nicht vorstellen, was fünf Teenager in Deutschland groß tun können.

„Direkt nach den Anschlägen in Madrid haben wir zum Beispiel im Namen der Moschee einen Kranz vor der spanischen Botschaft niedergelegt."

Malik ergänzt: „Vielleicht ist es das Wichtigste, den Menschen zu zeigen, dass nicht alle Muslime so sind wie", er stockt, fast hätte er Sebastian gesagt. Aber die Mutter hat schon verstanden. „Das tut mir leid."

„Schon gut. Du hast ja Recht. Ich wünsche mir ja selber, dass Sebastian anders denkt."

Die Jungs von T.A.K.I.M. unterscheiden sich von dem, was sich Tinas Mutter unter überzeugten Muslimen vorstellt. Sie wirken weltoffen. Und Karim, den Kleinen mit seinem grauen Pullunder und dem hellblauen Hemd, hat sie sogar ein wenig lieb gewonnen. Nachdem das Eis zwischen ihr und den Detektiven geschmolzen ist, stellen Malik und Taha weitere Fragen über Sebastian. Dann wollen sie weitere Kreise, die mit Sebastian zu tun hatten, abklappern. Viel Zeit bleibt ihnen nicht.

An der Tür ergreift Amin das Wort: „Was meint ihr, wollen wir zuerst bei den Rockern vorbeischauen?" Tina ist erschrocken, sie warnt die Jungs. Es gebe Gerüchte, nach denen sie es mit Drogen und Schutzgeld zu tun hätten! „Umso besser. Dann haben wir wenigstens einen richtigen Fall!", gibt Amin an.

Kaum haben sie die Wohnung verlassen, stellt Malik seinen Kumpel Amin zur Rede: „Amin, wie meintest du das vorhin mit ‚endlich ein richtiger Fall'?"

„Drogen, Schutzgeld und so – das ist doch unsere Liga!"

„An erster Stelle wollen wir Tinas Familie helfen!" widerspricht Malik.

„Du redest von Sebastian? Wo ist das Problem? Wenn er wieder auftaucht, sprechen wir ein paar Mal mit ihm, erklären ihm den Islam und fertig!"

Malik kann nicht verstehen, dass Amin das Verschwinden so sehr auf die leichte Schulter nimmt: „Das geht nicht, dass du ihm einfach ein paar Verse und Hadithe sagst und dann hat er alles verstanden. Diese Jungs sind verblendet und wer weiß, zu was die fähig sind!"

„Mag ja sein, aber was soll schon passieren?", fragt Amin ein paar Dezibel kleinlauter.

Trotzdem regt sich Malik weiter auf: „Das kann ich dir sagen. Das Geringste ist, dass er unseren Glauben schlecht macht. Was soll der Busfahrer denken, wenn er mit so bescheuerten Klamotten wie ‚Machst du kein Haram, bleibt alles Tamam' einsteigt. Wie soll die Ausbilderin damit umgehen, wenn er ihr die Worte ‚ungläubige Frauen haben ihm gar nichts zu sagen' an den Kopf wirft? Und den alten arabischen Bäcker hat er als Heuchler beschimpft und in den Laden gespuckt, nachdem er merkte, dass in seinem Käsebrötchen Speck drin war."

„Das hat er getan?"

„Ja! Weil der Bäcker ihn vorher nicht warnte.

Aber warum sollte er das machen? Er selbst ist Christ und er kann nicht wissen, dass Sebastian Muslim ist“, schimpft Malik.

Er ist immer noch auf 180: „Und das ist nichts im Vergleich zu dem, was sonst noch alles passieren könnte!“ Malik bleibt kurz stehen, sodass Amin sich zurückdrehen muss, um zuzuhören: „Amin, sag mal hörst du keine Nachrichten? Denkst du die Typen, die irgendwann durchdrehen und im Namen unserer Religion Menschen etwas antun, sprießen plötzlich aus dem Boden und verschwinden genauso wieder?“, Amin starrt ihn ahnungslos an. Malik: „Die machen eine Entwicklung durch!“

„Schon gut“, gibt Amin sich verständlich.

„Ja, hoffe ich“, meckert Malik immer noch. „Du hast gestern schon deine Späße gemacht, da habe ich nichts gesagt. Vorhin hast du vor Tinas Mutter alles runtergespielt. Es wird Zeit, dass du endlich kapierst, was hier auf dem Spiel steht!“ Das hat gesessen. Mittlerweile sind sie in dem Stadtteil angekommen, wo sich das Café der Rockerbande befindet.

Von der Bushaltestelle sehen sie schon die schweren Motorräder vor dem Haus. Ein Schild „Route 66“ in dunkelblauer Leuchtschrift auf hellem Hintergrund hängt über dem Eingang. Das muss es sein. Sie nähern sich dem Eingang. Als sie an der Tür ein Din-A4-Blatt mit der Aufschrift „Nur für Mitglieder“ sehen, zupft Ilıcan an Tahas Ärmel: „Leute, vielleicht sollten wir es doch lieber sein lassen. Steht doch da! Ich weiß nicht, ob die uns wirklich willkommen heißen.“

Amin wehrt den Vorschlag ab: „So was steht doch bei voll vielen Vereinslokalen. Hat überhaupt nichts zu bedeuten!“

„Ja, aber der Unterschied ist, dass einen ansonsten ältere Herren erwarten. Hier chillen Mafiosi. Die wollen bestimmt nicht von uns gestört werden." Doch da hat Amin schon die Klinke in der Hand. Keine Sekunde später stehen Taha, Amin, Karim, Ilıcan und Malik im Café. Vor ihnen 20 bis 30 Rocker mit schwarzen Stirnbändern, schwarzen Lederwesten, schwarzen Lederhosen und schwarzen Stiefeln. Sie sitzen im grauen Dunst ihres Zigarettenqualms.

Kaum haben die Detektive den Raum betreten, richten sich alle Blicke auf sie. Es ist fast so wie beim Ebru-Malen, wenn die ersten Farbtropfen ins Wasser fallen: Mit der gelben Umhängetasche von Taha, Karims blauem Hemd, den dunkelroten Kopfhörern von Malik und Amins grünem Trainingsanzug tauchen zum ersten Mal Farben in diese graue Höhle. Keiner spielt mehr Karten, keiner redet mehr. Dem Barkeeper läuft das Glas über. Entweder sie erwarten, dass feindliche Rocker sie jederzeit überfallen könnten, oder eine Polizeirazzia. Aber jetzt stehen da fünf Jugendliche wie bunte Paradiesvögel!

Der Rauch presst Malik die Kehle zu. Er muss so schnell wie möglich hier raus. Auch weil es ihm hier zu brenzlig ist. Er berührt Amin leicht an der Schulter, nach dem Motto: Komm lass uns abdampfen! Der flüstert: „Geht ihr mal und wartet draußen. Bin gleich wieder da."

„Nein, wir gehen alle. Wir lassen dich nicht alleine", mischt sich Taha ein. Amin lässt nicht locker, er schiebt seine Kumpels raus: „Lasst mich mal machen." Als ob er was gut machen will. Die vier Jungs verlassen das Café, obwohl es einer ihrer Grundregeln widerspricht: Einer für alle und alle für einen!

Malik atmet draußen tief ein. Das tut gut. Die ersten Minuten vor dem Café ärgern sie sich über Amin. Zehn Minuten später wandelt sich der Ärger in Sorge. Vermöbeln die ihn jetzt? Sollen sie hinein, ihm helfen? Aber die Rocker sind dreimal so viel. Jeder einzelne von ihnen ist dreimal so stark und vermutlich heftig bewaffnet. Taha springt ein paar Mal hoch, um über den milchigen Sichtschutz ins Café zu gucken. Aber der obere Fensterbereich, durch den man schauen könnte, ist zu hoch.

Dann probiert es Malik an der Straßenlaterne. Er zieht sich mit vier schwungvollen Armzügen bis zur richtigen Höhe. Als er einen Blick ins Innere wirft, schaut er dem Barkeeper direkt in die Augen. Wie peinlich! Malik rutscht blitzschnell wieder nach unten. Vor lauter Schreck konnte er nicht erkennen, was mit Amin ist.

Nun sind schon 20 Minuten um. Karim ruft Amin an, vielleicht geht er ja ran. Während die Freizeichen ertönen, beißt er sich auf die Unterlippe. Nach einer halben Ewigkeit wird der Anruf entgegengenommen: „Salam, was los?", worauf Karim aufgeregt fragt: „Amin, alles klar bei dir? Sollen wir reinkommen? Wir holen Verstärkung, ja?" Nach einer einkalkulierten Pause, hört man Amins Stimme auf der Mailbox lachen: „Ha, ha, ha. Tut mir leid Leute, ich bin nicht erreichbar." Vor lauter Aufregung ist Karim auf den dämlichen Gag hereingefallen.

Nach 25 Minuten reicht es Taha. Gerade möchte er zurück ins Café, um Amin zu helfen, da öffnet sich die Tür. Amin kommt mit einem Rocker im Schwitzkasten aus dem Café. Ineinander gekeilt schwanken sie in alle Richtungen. Malik, Ilıcan und Karim springen zur Seite. Jetzt greift der bullige Rocker um Amins Beine, hebt ihn in die Luft und wirft ihn über die Schulter. Der macht einen Bogen über den Kopf und landet sicher auf beiden Füßen.

Erst jetzt wird Taha, Malik, Ilıcan und Karim klar, dass die beiden sich die ganze Zeit schlapplachen. Amin umarmt den Rocker, der ihm darauf noch einen Schlag auf die Schulter mitgibt: „Ich wünsch euch viel Glück. Wenn du wieder mal in Mannheim bist, gib unbedingt Bescheid!"

Amin winkt ihm noch nach: „Danke Holger, mache ich. Versprochen!"

Kaum ist der Rocker ins Café zurückgekehrt, wollen die Vier von Amin wissen, was – um Himmels Willen – im Café vorgefallen ist. Amin erzählt, als wäre es das Normalste der Welt: „Ich habe mich zu ein paar Rockern an den Tisch gesetzt und gefragt, ob ich mitspielen darf." Die anderen schütteln den

Kopf: Ist Amin naiv oder mutig? „Sie ließen mich mitspielen. Nach ein paar Minuten musterte mich Holger, den ihr vorhin gesehen habt. Er fragte: ‚Sag mal, hast du vor zwei Monaten in Frankfurt im Halbfinale um die Taekwondo-Meisterschaft gekämpft?'"

Karim: „Nee, oder? Die hast du doch gewonnen!"

Amin nickt: „Alhamdulillâh. Und im Halbfinale besiegte ich einen Gegner, der Holgers kleineren Bruder im Viertelfinale unfair krankenhausreif geschlagen hat. Holger erzählte mir, dass er sich den Kerl gern geschnappt hätte, wenn ich ihn im Halbfinale nicht verdroschen hätte."

„Stoooory!", Taha kann es nicht fassen.

„Doch wirklich. So war es", versichert Amin.

Taha, Karim, Malik und Ilıcan sind heilfroh, dass Amin nichts zugestoßen ist. Amin hat sogar etwas über Sebastian herausgefunden: „Holger hat mir erzählt, dass Sebastian vor einem Jahr regelmäßig ins Café kam. Dann haben sie monatelang nichts mehr von ihm gehört. Bis er vor drei Wochen – und jetzt schnallt euch an – kam und fragte, ob sie ihm eine Knarre besorgen könnten!"

PROVOKATIONEN IN DER MOSCHEE

Fürs Erste beschließen die Jungs, Tina nichts zu erzählen. Zwar halfen die Rocker ihrem Bruder nicht, aber eine Waffe könnte er sich auch woanders besorgen. Sie wollen Tina nicht weiter beunruhigen und erstmal mehr herauskriegen. Das mit der Waffe wäre die zweite schlechte Nachricht gewesen. Denn während die Jungs bei den Rockern waren, bekam Tina einen Anruf, den sie nicht erwartete.

Die Mitarbeiterin eines Reisebüros rief auf dem Festnetz an. Tina nahm den Hörer ab: „Siehler hier."

„Ach, schön, dass ich Sie erreiche. Ich habe noch eine Frage zu ihrem Flug in sechs Tagen."

Tina verstand nicht: „Entschuldigen Sie, Flug? Ich habe nichts gebucht."

„Sind Sie nicht Sebastian Siehler?", versicherte sich die Mitarbeiterin.

„Nein, das ist mein Bruder."

Die Frau will sich erklären, macht es aber nur noch schlimmer: „Sie haben aber wirklich eine tiefe Stimme. Hat Ihnen das schonmal jemand gesagt?" Tina war sehr aufgerieben und versuchte klar zu denken. Sie ahnte, was die Info bedeuten könnte und fragte: „Wohin will denn mein Bruder verreisen?"

„Das darf ich Ihnen leider nicht verraten. Datenschutz.“ Diese blöde Kuh, dachte Tina und legte auf. Direkt danach informierte Tina die Detektive.

Die stehen nun vor neuen Fragen: Was könnte Sebastian vorhaben? Will er verreisen? Wohin soll der Flug gehen? Und warum wollte er sich eine Pistole besorgen? Ilıcan, die gute Seele, hofft: „Vielleicht will er einfach nur mal raus.“

„Und wozu dann die Knarre?“, Amin kann sich das nicht erklären.

„Oder er nimmt die Pistole mit ins Ausland. Es könnt ja auch sein, dass er die zum Selbstschutz mitnimmt“, spekuliert Ilıcan noch einmal.

Taha widerspricht: „Wie soll er denn eine Knarre mit ins Ausland nehmen? Nee, die Pistole bleibt hier. Aber dass er Deutschland verlässt, kann ich mir auch vorstellen. Ich will nicht zu pessimistisch sein, aber man hört auch von Verblendeten, die ins Ausland reisen, um sich radikalen Gruppen anzuschließen.“

Die Gefahr ist auf jeden Fall da. Aber Malik hofft auf einen anderen Grund, weshalb sich Sebastian ein Flugticket besorgt haben könnte: „Tina hat mir erzählt, dass er gerne Scheich werden wollte. Also, er könnte auch nach Ägypten, Marokko oder Saudi-Arabien reisen, um dort zu studieren.“ Das mit der Pistole kann er sich allerdings auch nicht erklären. So richtig klar ist die Situation nicht. Fest steht nur: Es bleiben T.A.K.I.M. sechs Tage! Dann ist Sebastian vermutlich über alle Berge. Ein Glück geht ihr eigener Flug in die Türkei erst zwei Tage später.

Am Abend wollen die Detektive noch in die Mannheimer Zentralmoschee und dort den Hodscha befragen. Kaum ist das Abendgebet vorbei, spricht

Malik ihn an. Nachdem er seine Kumpels vorstellt, erkundigt er sich: „Kadir Hodscha, können Sie sich an den jungen Mann erinnern, der nicht mehr hinter ihnen beten wollte. Sebastian hieß der.“ Kadir Hodscha weiß sofort, von wem Malik redet: „Ja, ich erinnere mich. Das war nicht schön. Wo ist er? Ich habe ihn lange nicht gesehen.“

„Das würden wir auch gerne wissen. Deshalb sind wir hier. Er ist seit 32 Stunden verschwunden“, erklärt Malik. Der Hodscha wirkt nachdenklich. Taha schaltet sich ein: „Wie ist er ihnen aufgefallen?“

Kadir Hodscha: „Nicht, dass ihr mich falsch versteht. Ich lerne noch heute jeden Tag dazu. Und er, er hat gerade erst den Islam angenommen und will mich belehren, was, der Hodscha deutet mit seinen Fingern zwei Anführungszeichen an, „der echte Islam“ ist.

„Wie kann er sich so etwas rausnehmen?“, Karim schüttelt den Kopf.

„Das Problem hat auch mit dem Internet zu tun. Die Jugendlichen hören ein paar Vorträge von Scheich Youtube und lesen etwas von Scheich Google und schon denken sie, sie wären selbst Gelehrte.“

Malik: „Das klingt so, als meinte einer, er könne einen Blinddarmdurchbruch behandeln, nachdem er ein Video über Rückenmassage gesehen hat.“

Der Imam lächelt: „Ja, so ungefähr. Wir Imame studieren jahrelang. Und was wir von unseren Lehrern zuerst lernen, ist das schöne Benehmen. Das geht diesen Jugendlichen völlig ab.“

„Was meinen Sie damit, Hodscha?“, möchte Ilıcan wissen. Malik wiederholt Ilıcans Frage noch einmal, weil der Hodscha sie akustisch nicht verstanden hat. Dann antwortet Kadir Hodscha: „Immer wieder kamen Sebastian und seine Freunde zum Freitagsgebet. Anstatt mitzubeten, stellten sie sich vor die Moschee und verteilten Flyer."

Ilıcan: „Ist das verboten?"

„Das haben sie mich auch gefragt. Sie beriefen sich darauf, dass es erlaubt ist. Gesetzlich! Aber sie vertreten mit den Inhalten des Flyers ein ganz anderes Islamverständnis als wir", der Hodscha denkt kurz über seine Worte nach: „Ich bin mir nicht mal sicher, ob es überhaupt noch im Rahmen des Islams ist. Damit wollen sie unseren Moscheebesuchern weismachen, dass wir hier auf dem falschen Weg sind."

„Erst nicht mitbeten und dann noch die Gemeinde spalten – das geht gar nicht! Warum gründen die nicht ihre eigene Moschee?“, auch Amin kann das nicht glauben.

Ilıcan wollte schon die ganze Zeit etwas zu den Flyern sagen. Nun nutzt er die Gelegenheit: „Hodscha, haben Sie noch so einen Flyer?“

„Da muss ich mal in meinem Arbeitszimmer nachschauen.“

Nach wenigen Minuten kommt Kadir Hodscha wieder. Er schaut auf den Flyer in der Hand, schüttelt den Kopf und reicht ihn Ilıcan. Danach verlässt der Hodscha die fünf Jungs, um sich in sein Arbeitszimmer zurückzuziehen. Ilıcan liest sich den Flyer durch. Er runzelt die Stirn. „Und was steht drin?“, möchte Taha wissen.

„Die haben voll die Vorurteile. Der Westen, der Westen, genau wie Tinas Mutter sagte. Hier steht auch, dass Muslime Gesetzen von Menschen nicht folgen dürfen, weil Allah der alleinige Gesetzgeber ist.“

„Ja, aber sich aufs Gesetz berufen, wenn sie vor der Moschee Flyer verteilen“, empört sich Amin.

„Karim, was sagt man denn zu so jemandem?“, fragt Ilıcan seinen Freund, weil der Hodscha weg ist.

„Das bezieht sich auf religiöse Angelegenheiten. Unser Prophet Muhammad (s) folgte auch den Sahâbas, wenn sie in weltlichen Dingen etwas besser verstanden als er. Zum Beispiel in der Landwirtschaft. Außerdem heißt es in einem Hadith, dass Allah zu vielen Dingen geschwiegen hat. Nicht etwa, weil er vergaß, sondern aus Barmherzigkeit. So können die Menschen selbst Entscheidungen treffen, die in ihre Zeit und an ihren Ort passen.“

„Eigentlich sind wir ja schon längst dabei, eine Team-Schura zu machen. Lasst uns unser Duâ nachholen. Malik, übernimmst du?“, bittet Taha. Die Jungs öffnen die Hände vor der Brust. Malik beginnt: „Bismillâhir rahmânir rahîm. Ya Allah, ich danke dir dafür, dass meine Freunde mich hier besuchen. Ya Allah, ich hoffe, du hast sie zu mir geschickt, damit wir gemeinsam Sebastian wiederfinden. Bitte hilf uns.“

Nach dem Duâ überlegen sie, was sie nun unternehmen könnten. Malik zieht eine Gebetskette durch seine Hand. Diese Sibha ist Maliks kleiner Schatz, denn die türkisenen Perlen sind an einer feinen Silberkette statt an einer Schnur aufgezogen. Immer wieder fallen die Perlen hörbar aufeinander.

Das nervt Taha: „Malik, geht das auch leiser?“ Er mimt seinen Freund perfekt nach: Schneidersitz, gekrümmter Rücken, die Hand so, als hätte auch er eine Sibha. Dazu sagt er „klack, klack, klack“, was sich fast so anhört wie die Perlen. Malik starrt ihn an. Plötzlich muss er lächeln: „Ich glaube, ich hab’s.“

„Was hast du? Wie es leiser geht?“, fragt Taha.

„Nein, nein. Die Lösung. Wie wäre es, wenn wir dich bei dieser Gruppe mit dem Flyer einschleusen? Undercover. Das könnte uns zu Sebastian führen!“, schlägt Malik hoffnungsvoll vor.

Karim, Taha und Amin können sich das direkt vorstellen. Niemand kann so gut Schauspielern wie Pokerface Taha. Ilıcan ist skeptischer: „Und wie sollen wir das anstellen? Das sind ja keine Gruppen, die sich öffentlich treffen, sondern geheim.“ Gute Frage. Daran hat Malik nicht gedacht. Sie schweigen, bis Taha mit dem Flyer wedelt: „Schaut mal! Als Absender steht hier eine Facebook-Gruppe: ‚Nr. 73 - Die Erretteten‘! Komischer Name, aber egal, vielleicht komme ich so da rein.“

Karim ist klar, warum die Gruppe sich so nennt: „Der Name geht auf einen Hadith zurück. Demnach hat der Prophet (s) gesagt, dass sich nach ihm die Umma in 73 Gruppen spalten und nur eine davon das Paradies betreten werde. Die anderen kommen in die Hölle. Leider haben viele extreme Gruppen diesen Hadith missbraucht. Sie meinen, sie wären diese Gruppe und machen alle anderen schlecht. Genau diesen Umgang mit dem Hadith wollte der Prophet (s) bestimmt nicht. Und die Geschichte lehrt uns, dass gerade von diesen Gruppen sehr viel Zwietracht und Schaden ausging.“

Amin: „Okay, genug Geschichtsunterricht! Wie machen wir das jetzt mit der Facebook-Gruppe?“

Zunächst wollen sie Taha eine neue Identität verpassen: „Sagen wir, deine Mutter stammt aus Nigeria, dein Vater aus Deutschland“, sagt Karim. Taha findet die Idee gut. „Und ich bin erst seit wenigen Wochen Muslim.“

Ilıcan: „Wie sollst du heißen?“

Taha: „Ich fände Nwankwo cool.“

Karim will den Namen wiederholen: „Nwankwo, wie kommst du denn auf den Namen?“ Das klang in Amins Ohren eher nach: Wann, wo, wie kamst du denn auf den Namen. Amin antwortet: „Na, eben gerade, hier kam er auf den Namen.“

Karim blickt verständnislos von links nach rechts. Er wundert sich: „Ja, das weiß ich. Aber wie kam er auf den Namen?“ Warum fragt er, wenn er es weiß, rätselt Amin. Aber da antwortet Taha schon: „So hieß ein bekannter Fußballer aus Nigeria. Nwankwo Kanu."

Amin gibt das Rätsel auf und hilft weitere Eigenschaften für Nkwankwo zu finden. Anschließend richtet Ilıcan ein neues Facebook-Profil ein. Taha alias Nwankwo schreibt der Facebook-Gruppe „Nr. 73 - Die Erretteten": „Assalâmu alaykum, ich habe in der Moschee mal euren Flyer bekommen. Bin erst seit 2 Monaten Muslim. Hab ein paar Fragen." Er schreibt noch nicht welche, denn so will er die Gruppe ködern. Die nächsten Stunden checkt Taha unzählige Male den Account. Vor und nach dem Wudû, vor und nach dem Gebet, vor und nach dem Essen. Sogar als er nachts kurz mal aufwacht, geht er an sein Handy. Aber noch ist keine Antwort eingetroffen.

AUCH DAS LETZTE FÜNKCHEN HOFFNUNG...

Fünf Tage vor der vermeintlichen Abreise ist Tina alleine zu Hause. Ihre Mutter ist arbeiten. Vorhin hat Tina einen Topf Milch auf den Herd gestellt, um sich einen heißen Kakao zu machen. Wie so oft in letzter Zeit schwelgt sie in Erinnerungen an ihren Bruder. Es gab nicht nur den groben Sebastian. Er konnte auch liebenswürdig mit seiner Schwester umgehen. Manchmal quatschten sie bis tief in die Nacht. Dann saß sie, wie jetzt, auf der Bettkante und hörte ihrem großen Bruder zu. Der lag auf dem Rücken, die Hände hinter dem Kopf und sprach von seinen großen Träumen. Keine Frage, Tina vermisst ihn schrecklich.

Plötzlich hört sie, wie die Milch überschäumt. Sie hat den Topf vergessen. Nur eine kleine Pfütze von der Milch ist übriggeblieben. Dafür holt sie nicht extra das Kakaopulver heraus. Sie schrubbt, um die angebrannte Milch vom Herd zu bekommen und kehrt zurück in Sebastians Zimmer.

Fünf Minuten später geht die Haustür auf. „Mama, bist du es?“, ruft Tina. Normalerweise kommt ihre Mutter erst abends von der Arbeit zurück. Es könnte aber sein, dass sie früher Schluss gemacht hat. Seit Sebastian verschwunden ist, hat sie häufig Kopfschmerzen. Allerdings würde ihre Mutter wohl kaum so laut durch den Flur stampfen.

Im nächsten Augenblick steht Sebastian in der Tür! Tina kann das Glück kaum fassen. Hat Sebastian einen Sinneswandel vollzogen? Sie springt auf und rennt ihrem Bruder in die Arme. „Basti, ich bin so froh, dass du zurück bist."

„Was suchst du in meinem Zimmer?", er stößt sie zur Seite. So rau wie er zu seiner Schwester ist, wirkt auch sein Äußeres: Springerstiefel, tarngrüne Armeehose und eine beige Weste mit mindestens vier Taschen. Sein Bart ist gewachsen. Ein paar Härchen hängen über der Oberlippe. Müsste er nicht etwas von zu Hause holen, wäre er nicht Hause gekommen.

„Basti, wo warst du denn?"

„Bei Freunden", behauptet er genervt, „und nenn mich nicht mehr Basti! Ich heiße jetzt Al-Almani!" Er kneift seine Augen zusammen, um sie einzuschüchtern. Für Tina sieht es allerdings eher so aus, als hätte er in eine Zitrone gebissen: „Hast du ne Ahnung, was für eine Angst wir hatten? Wir haben sogar schon die Polizei kontaktiert."

Zunächst macht sich Sebastian darüber lustig: „Ha, ha, ha. Was habt ihr denen gesagt? Mein 25-jähriger Bruder ist am Wochenende nicht nach Hause gekommen?" Doch dann wird ihm bewusst, wie schlecht es wäre, wenn die Polizei auf ihn aufmerksam werden würde. Gerade bei der Sache, die er in Kürze vorhat. Wie immer, wenn er sich aufregt, blinzelt er heftig. Er schüttelt den Kopf: „Wie kommst du dazu, diesen Kuffâr etwas zu sagen?"

„Wir wussten nicht weiter", verteidigt sich Tina. Während Sebastian sich im Zimmer umschaut, steigt ihm der angenehme Duft der Bettwäsche in die Nase. Er denkt an seine Mutter. Ein bisschen leid tut sie ihm schon. Aber egal, er hat lange genug versucht, sie auf den geraden Weg zu bringen. Selbst schuld, wenn sie die Wahrheit nicht sehen will, denkt er sich. Dann setzt er seine Schwester unter Druck: „Weißt du was? Du rufst nochmal bei der Polizei an!"

Tina kommt nicht hinterher: „He? Warum? Du bist doch wieder da."

„Genau. Du beruhigst sie und sagst: Mein Bruder ist zurück. Alles nur ein Missverständnis." Tina fühlt, dass das keine gute Idee ist. Sie zögert. Doch Sebastian lässt nicht locker: „Na gut, dann ruf ich selbst an." Kurz darauf spricht er mit einem Polizeibeamten. Er teilt ihm mit, dass sie nicht mehr nach ihm fahnden müssen. Der Beamte stellt richtig: „Wir haben nicht nach Ihnen gefahndet, wir haben Sie gesucht, weil Ihre Familie Sie als vermisst gemeldet hat."

„Das war unnötig. Ich war nur ein paar Tage bei Freunden. Bin jetzt wieder zu Hause", blufft Sebastian. Seine Schwester ist entsetzt darüber, wie Sebastian sich verstellt. Eben hat er sie noch als Kuffâr beschimpft, jetzt schleimt er: „Meine Schwester bestätigt Ihnen das gerne." Er presst ihr das Telefon ans Ohr. Ihr bleibt nichts Anderes übrig, als es zuzugeben: „Ja, er ist wieder hier."

Kaum haben sie das Telefonat beendet, ist sie wieder Luft für ihn. Er geht an seine Schubladen, öffnet eine nach der anderen. „Basti, was suchst du?", Tina versucht, über seine Schulter zu gucken.

„Meinen Reisepass! Wo steckt der?" Vor lauter Freude über sein Wiederkommen, vergaß Tina total das Flugticket. Obwohl sie weiß, wo sein Pass liegt, sagt sie nichts. Im Gegenteil, sie verschwindet unauffällig ins Schlafzimmer ihrer Mutter, geht an einen Ordner im Regal und schnappt sich den Reisepass, bevor Sebastian darauf kommt. Sie klemmt sich den Pass hinten zwischen Hosenbund und Rücken und wirft ihren langen Pulli darüber. Sebastian kramt währenddessen in seinem Zimmer weiter. Dabei wirft er seine Klamotten durch die Gegend. Tina kehrt zurück zu ihm. „Basti, wofür brauchst du den Pass?"

„Kann ich nicht verraten. Aber ich habe biznillâh Großes vor."

Tina steht mit dem Rücken zur Wand: „Was heißt dieses biznillâh?" Erst will Sebastian erklären, dass es heißt „mit Allahs Erlaubnis". Da fällt ihm auf, wie Tina ihren Rücken an die Wand drückt: „Was machst du da?"

Tina wird nervös: „Nichts. Ich freue mich einfach, dass du wieder da bist."

Leider kann sie ihren Bruder nicht für doof verkaufen: „Warum stehst du so bescheuert an der Wand?"

„Nur so." Bevor er auf sie zukommt, möchte sie abhauen. Genau in dem Moment rutscht der Pass das Innere ihres Hosenbeins herunter und verfängt sich unten am Hosenansatz. So ein Mist, sie versucht ihn abzulenken: „Willst du einen Kaffee? Ich gehe in die Küche."

Doch Sebastian sieht die rote Ecke aus Tinas Hosenbein lugen. Er schreit: „Gib mir den Pass, du Lügnerin! Und such Vergebung bei Allah!"

Tina musste sich schon genug anhören, jetzt reicht es: „Du willst besonders fromm klingen. Aber weißt du, wie du dich anhörst? Wie ein altmodisches Buch." Das versteht Sebastian falsch: „So redest du

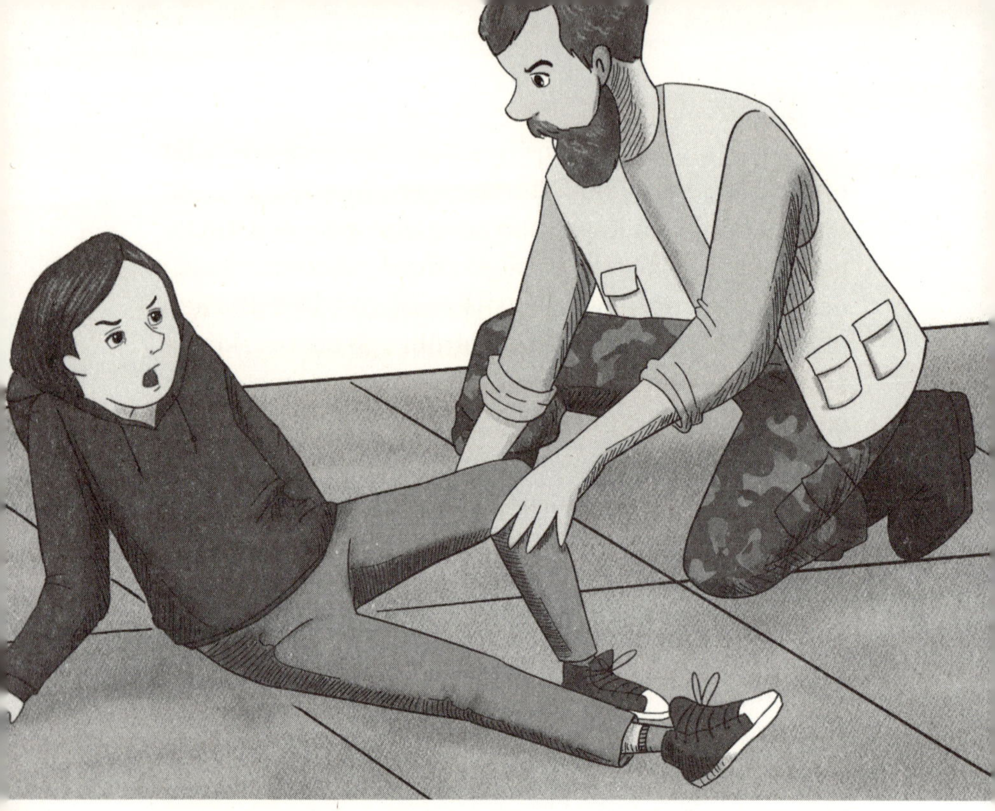

nicht über den Koran! So nicht!“ Er greift mit der rechten Hand ihren Hals. Noch kann er sich geradeso beherrschen. Trotzdem bekommt Tina Angst. Kein Wunder! Sie kommt vor lauter Schreck nicht einmal dazu, ihm zu erklären, dass sie nicht den Koran meinte, sondern die Art, wie er redet.

Endlich lässt Sebastian los und packt gewaltsam ihr Bein, um an seinen Pass zu kommen. Dass sie dabei das Gleichgewicht verliert und auf den Boden kracht, stört ihn nicht. Sebastian zerrt seinen Pass brachial aus ihrem Hosenbein. Neben der Schulter, die Tina schmerzt, spürt sie jetzt auch noch die Kratzer am Schienbein. Was ihr aber noch viel mehr Tränen in die Augen schießen lässt, ist die Angst, dass Sebastian für immer abhaut. Und dieses Mal ist alles noch viel konkreter als vor ein paar Tagen.

Kaum hat ihr Bruder den Pass in der Hand, verlässt er das Haus. Beim Rausgehen ruft er noch: „Schau mal am Sonntag um 15:00 Uhr auf Insta. Das wird der Hammer!"

Auf dem Weg gerät Sebastian in Zweifel: War das okay, wie ich Tina behandelt habe? Was ist in mich gefahren, dass ich sie würgte? Ich meine, sie ist immer noch meine Schwester. Doch dann versucht er sich wieder einzureden, dass Allah genau diese Entschlossenheit von ihm verlangt. Ja, seine neuen Freunde haben ihm vorausgesagt, dass seine Familie versuchen wird, ihn vom heiligen Weg abzubringen! Das seien alles nur Probleme des Diesseits. Sebastian haut dreimal mit der Faust auf seinen Kopf und sagt sich dabei: Dunja, Dunja, Dunja. Dieser verdammte Schaytân!

Bei Tina sitzt der Schock tief. Nachdem sie zwei Stunden lang wie gelähmt im Bett lag, gerät sie in Panik. Was soll sie tun? Die Mutter anrufen, die Polizei, alle Freunde abtelefonieren? Soll sie sich selbst auf die Suche machen? In einer Kurzschlussreaktion ruft sie wieder bei der Polizei an. Das war ein Fehler.

Sie braucht jetzt unbedingt jemanden, mit dem sie reden kann. Der einzige Mensch, der sie in dieser Lage versteht, ist Malik. Der kauft gerade mit Taha im Supermarkt ein. Immer noch überprüft Taha andauernd sein Handy nach einer Nachricht der 73er. An der Käsetheke, beim Pfandflaschenautomaten und in der Schlange an der Kasse – ständig schaut Taha aufs Display. Noch nichts!

Tina ist völlig aufgelöst: „Ich habe es vermasselt", wiederholt sie mehrmals. Malik versteht kein Wort. Nach einer Weile kann sie sich fassen und erzählt, was passiert ist. „Und nachdem ich Sebastian nicht aufhalten konnte, habe ich bei der Polizei angerufen und erklärt, dass er wieder verschwunden ist."

„Wie haben die reagiert?"

„Der Polizeibeamte war sauer. Er meckerte, dass er erst weggewesen sein soll, plötzlich wieder da und nur ein paar Minuten später wieder weg. Das könne er nicht mehr ernst nehmen. Dann legte er auf."

Taha flüstert, dass nur Malik es hört: „Ganz schlecht."

„Was mache ich jetzt nur?", fragt Tina.

Malik versucht, sie zu beruhigen: „Wir machen so lange weiter, bis er endgültig zurück ist. Wir haben auch schon eine Fährte." Mehr verrät er nicht.

Eine Viertelstunde nachdem sie zu Hause angekommen sind, hört Taha im Bad, dass eine Nachricht auf seinem Handy eingetroffen ist. Gerade macht er Wudû. Das Abtrocknen lässt er. Er geht schnell an sein Handy. Der Verfasser schreibt: Man freue sich über den neuen Bruder und wolle wissen, welche Fragen er habe. Die Detektive denken nach. Sie wollen auf keinen Fall Verdacht erregen. Deshalb fragen sie, wie Nwankwo – also Taha – seiner Mutter am besten erklären kann, dass er zum Islam übergetreten ist. Dazu erkundigt sich Taha nach einer Moschee in Mannheim.

Die Antwort lässt nicht lange auf sich warten: „Assalâmu alaykum wa rahmatullâh, geehrter Ahi! Was deine erste Frage angeht, so höre, was der echte Islam dazu verkündet: Ahi, ich weiß nicht, warum du dich nicht traust, ihr einfach die Wahrheit zu sagen. Schäm dich nicht vor den Menschen, schäm dich vor Allah! Was die zweite Frage betrifft, so muss ich dir sagen, dass sich leider die meisten Moscheen heutzutage in der Dschâhiliya, also im Zustand der Unwissenheit, befinden. Sie biedern sich dem Westen an. Die wenigen Moscheen, die nach dem echten Islam gehen, sind nicht in deiner Gegend. Aber wir haben eine Gruppe, die auf dem echten Weg geht. Wir treffen uns privat. Ahi, wenn du deine Seele retten willst, dann kann ich dir nur raten, diese Gruppe zu besuchen. Dein Scheich Abu Halal Al-Tripy."

Die Kumpels sind baff. Wie kann man nur so einfältig den Islam verstehen! Karim merkt: „Der weiß gar nicht, was für Ängste neue Muslime haben. Nicht immer reagiert das Umfeld positiv. Nur weil ein neuer Muslim sich Gedanken darüber macht, wann der richtige Zeitpunkt gekommen ist oder wie man es am besten sagt, heißt das doch nicht gleich, dass einem der Glaube peinlich ist." Karim reicht das schon, er schiebt den Laptop weg.

Bei der zweiten Antwort überlesen sie, dass dieser Abu Halal Al-Tripy alle Moscheen in einen Topf schmeißt. Und es stimmt natürlich nicht, dass den Moscheen der „Westen" wichtiger ist als Allah, nur weil sie nach gemeinsamen Lösungen mit der Politik, anderen Vereinen und der Nachbarschaft suchen. Im Gegenteil, sie sind davon überzeugt, dass das islamisch gesehen richtig ist.

Aber die Detektive beschäftigen sich mehr mit dem zweiten Teil der Antwort: Es ist die Einladung für ein Treffen mit Leuten, von denen sie nichts wissen, außer dass sie ganz schön schräge Ansichten vom Islam haben. Dennoch freut sich Taha über die Eintrittskarte. Wie so oft ist er zu selbstbewusst, als dass er an Schwierigkeiten denken könnte: „Die Einladung nehme ich gerne an!"

Ilıcan teilt die Freude nicht: „Taha, ich mach mir Sorgen."

Taha fühlt sich vor den Kopf gestoßen. Gerade hat der Fisch angebissen und jetzt das Ganze wieder abblasen? „Wieso hast du vorher nichts gesagt?", fragt Taha empört.

„Da kannte ich noch nicht diese kranken Antworten", rechtfertigt sich Ilıcan.

Kranke Antworten hin oder her, denkt sich Taha: „Was soll schon passieren?"

„Junge, wenn wir davon ausgehen, dass sie ihre Leute in den Krieg schicken oder Anschläge verüben", beginnt Ilıcan zu erklären. Taha blickt ihn an, als übertreibe er maßlos. Ilıcan: „Ja, du musst gar nicht so gucken, das können wir nicht ausschließen! Und dann stell dir vor, du wirst ertappt." Diese Ansage trifft Taha. Warum traut Ilıcan mir das nicht zu, denkt er sich. Aber Amin und Malik sieht er hundertprozentig auf seiner Seite.

Schließlich war das Ganze Maliks Einfall und für Amin ist eh nichts zu brenzlig. Taha spricht die Beiden direkt an. So gut Malik seine eigene Idee auch fand, jetzt schwankt er: „Jungs, ich weiß nicht, das ist wirklich gefährlich. Ilıcan hat recht: Was, wenn er wirklich auffliegt?" Taha bleibt fast die Spucke weg: „Ich fliege nicht auf! Ich mache einfach einen auf ahnungslos." Zu groß war seine Hoffnung, in diesem Fall der Detektiv zu sein, auf den es ankommt.

Ratloses Schweigen macht die Runde, bis Malik den anderen von Tinas Fauxpas erzählt: „Unterstützung von der Polizei können wir uns fürs Erste auch abschminken." Jetzt hat Taha genug: „Okay, dann eben nicht. Wer sagt es Tina?"

Malik ist das zu voreilig: „Warte doch mal! Wie wäre es denn, wenn dich einer von uns begleitet. Dann wärst du zumindest nicht alleine“, schlägt Malik vor.

Taha ist immer noch verstimmt: „Okay, und wer?“ Malik geht nicht, weil es sein könnte, dass sie ihn aus Mannheim kennen. „Was ist mit Amin?“, fragt Malik.

Taha winkt ab: „Ich weiß nicht, aber ich hätte Angst, dass er sich provozieren lässt.“ Das sieht der Große sogar selbst ein. Auf Ilıcan hat Taha keine Lust, nachdem er ihm die Diskussion eingebrockt hat. Bleibt nur noch einer: „Karim, was ist mit dir?“, will Taha wissen. In der Vergangenheit hatte Karim als Jüngster Welpenschutz. Wenn es zu gefährlich wurde, musste er Sicherheitsabstand wahren, was er schon lange blöd fand. Malik: „Traust du dir das zu?“

Endlich hat Karim die Chance, sich zu beweisen: „Was für eine Frage! Logisch. Ich halte mich im Hintergrund und wenn Taha auffliegt, kann ich Hilfe holen.“ Er winkt mit dem Handy.

Es wird Zeit den 73ern zurückzuschreiben. Taha tippt: „Vielen Dank für die Antwort. Ich wollte fragen, wann trifft sich die Gruppe? Und kann ich einen Freund mitbringen?“ Wenig später erfährt Taha, dass sie sich sonntags um 17 Uhr in einer Privatwohnung im Mannheimer Norden treffen. Gerne könne auch der Freund mitkommen. An diesem Tag müssen sie ihre neuen Rollen lernen! Die Jungs möchten sich nicht ausmalen, was die 73er mit ihnen machen, wenn ihnen auf einmal ihre richtigen Namen rausrutschen. Amin: „Oder stellt euch mal vor, die lesen in der Runde Koran und Karim verbessert aus Versehen, wenn einer einen Fehler macht!“

Sie müssen auch Karim eine neue Identität geben. Statt pakistanischen Wurzeln passen indische. Sein neuer Name: Vijay. Dann fragen Amin, Malik und Ilıcan ihre Freunde Karim und Taha stundenlang ab. Ständig wiederholen sie das Interview: Wie heißt ihr? Wo wohnt ihr? Wer sind eure Eltern? Was macht ihr in der Freizeit? Wie habt ihr euch kennengelernt? Auf welche Schule geht ihr? Zu allen möglichen Fragen haben sich die Jungs Antworten überlegt.

Da sich die Typen mit Sicherheit dafür interessieren, wie Nwankwo zum Islam kam, hat sich Taha eine Geschichte zusammengebastelt. Vijay ist seit der Grundschule Nwankwos bester Freund, daher wollte Taha ihn mitnehmen.

Die anderen Detektive fangen immer wieder neue Gesprächsthemen mit Taha und Karim an. Deren Lebensgeschichten müssen sitzen. Während sie sich am Anfang ein paar Mal verhaspeln, klappt es nach vier Stunden besser. Karim verknüpft das eine mit dem anderen: Er stellt die neue Identität des Vijay komplett in Gebärdensprache vor. So bleibt er in Übung.

Es steht viel auf dem Spiel. Wenn sie auf diese Weise Sebastian finden, wa alhamdulillâh. Aber wenn nicht, Gnade ihnen Allah!

NWANKWO UND VIJAY BEI DEN 73ERN

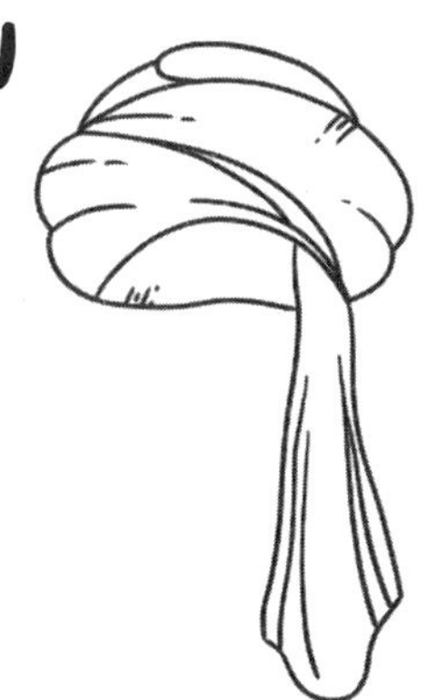

Es sind noch vier Tage bis zur Ausreise. Was die Jungs nicht wissen: Sebastian ist bei einem anderen 73er untergetaucht. Dort sitzt er vor dem Laptop und kopiert Bilder aus dem Netz: Flüchtende auf Schlauchbooten, Opfer von Giftgasanschlägen in einem Krankenhaus und die zerbombte Kuppel einer Moschee. Alles fügt er zu einer Story zusammen und untermalt sie mit arabischen Kampfliedern.

Er schaut auf den Bildschirm, um sein Aussehen zu checken. Das schwarze Stirnband sitzt nicht, er zieht es noch einmal ein Stück nach unten. Dann blickt er auf das Blatt vor sich. Ob er die Live-Aktion auf Instagram wirklich starten soll? Ein bisschen Bammel hat er schon. Schließlich wird dann alle Welt wissen, wozu er bereit ist.

Es kann gut sein, dass sein Video Tausende sehen werden. Das ist nicht wie sonst. Sebastian hat es mit Videos von Pranks versucht, mit den Fotos seiner Katze oder wie er Klimmzüge macht. Höchstens zehn Likes bekam er. Am meisten war auf seinem Profil los, als er ein Video hochlud, das sein Kumpel aufnahm. Er verprügelte darauf einen Jungen. Sebastian erntete einen wahren Shitstorm. Zu Recht! Deshalb weiß er: Das hier wird noch heftiger.

Da er seinen Live-Act ankündigte, wusste auch Tina Bescheid. Sie bat Malik, mit seinen Freunden zu ihr zu kommen, damit ihre Mutter sich das Video nicht alleine anschauen muss. Vielleicht finden die Detektive in dem Livestream Hinweise auf Sebastians Verbleib. Nur noch wenige Minuten, dann ist es 15:00 Uhr. Aber Malik, Ilıcan und Amin sind noch nicht da.

Karim und Taha sind mindestens so nervös wie Sebastian, als sie vor dem sechsstöckigen Mietshaus ankommen. „Hier muss es sein", glaubt Karim. Auf den Balkonen stehen mehr Satellitenschüsseln als Blumentöpfe. Sie blicken auf das Blech mit den Klingeln, wo ein rechteckiger schwarzer Sticker klebt. In weißer Schrift steht da: „Kämpft gegen den Kafir-Staat Deutschland!" Absender: „Check Facebook-Gruppe Nr. 73 – Die Erretteten". Karim schüttelt den Kopf.

Bevor sie bei „Jemnah", Al-Tripys eigentlicher Nachname, klingeln, machen sie noch einmal ein paar Schritte zurück. Sie schauen hoch zu der Wohnung, die Al-Tripy gehören müsste. Die Fassade des Hauses ist grau, der Putz an vielen Stellen abgefallen. Die Fenster der Wohnung von Al-Tripy sind mit dunklen Vorhängen verdeckt.

Sie klingeln. Es summt, sie treten ein. Im Fahrstuhl flackert das Licht. Während sie bis in den sechsten Stock fahren, liest sich Karim die Texte auf den Aufklebern am Spiegel durch. Hier ist alles dabei: Nazis, Linksextreme, ein Sticker gegen Tierversuche und vom Fußballklub Waldhof Mannheim. Und da ein Aufkleber von den 73ern: „Willst Du wirklich ewig in der Hölle schmoren?"

Karim muss daran denken, was seine Mutter ihm immer wieder vermittelte. Die beste Absicht ist, Allahs Zufriedenheit zu erlangen. Es gibt keine größere Glückseligkeit. Und wer von der Hölle spricht, muss auch das Paradies erwähnen. Karim holt einen Kugelschreiber aus der Jacke und schreibt am unteren Rand des Aufklebers „Der Islam ist mehr. Authentische Infos über den Islam hier“ und dann die Webadresse des Islamischen Dachverbands in Mannheim.

Kurz vor dem sechsten Stock bleibt der Fahrstuhl stecken. Die Türen öffnen sich. Vor ihnen die Wand des Fahrstuhlschachts voller Graffitis und Tags, oben sehen sie schon zehn Zentimeter der Etagentür. Taha beruhigt seinen Freund: „Hatte ich voll vergessen. Al-Tripy meinte, dass der Fahrstuhl öfter stecken bleibt. Dann sollen wir einfach die Türen wieder zuschieben.“ Kaum haben sie das getan, setzt der Fahrstuhl die letzten Meter fort.

Vielleicht übertreibt Karim, aber er geht extra zum Treppenhaus, wo er den Weg nach unten checkt. Zurück im Flur schaut er sich noch einmal um. Er will sehen, wo sie lang müssten, sollten sie wirklich flüchten. Beiden ist bewusst, dass sie nur noch wenige Meter von dem Ort entfernt sind, an dem Sebastian radikalisiert wurde.

Sie sind an der Wohnungstür angelangt. Abu Halal Al-Tripy, der sich nach dem kleinen Ort Altrip bei Mannheim nennt, öffnet die Tür. Taha und Karim treten ein. In schwarzer Dschalabiya und gelben Turban begrüßt der 30-Jährige, Al-Tripy, die Jungs übertrieben herzlich. Taha und Karim stellen sich als Nwankwo und Vijay vor.

„Schön, dass du da bist, Ahi Karim!“, sagt Al-Tripy. Karim spürt den Reflex, „Danke“ zu sagen. Zum Glück reißt er „nur“ die Augen auf und gleichzeitig schießen ihm Fragen durch den Kopf: Woher kennt er meinen Namen? Sind die so misstrauisch, dass sie jede Anfrage überprüfen? Warum laden sie uns trotzdem ein? Hätte Al-Tripy Karims Blick gesehen, hätte er sich zumindest gefragt: Was ist denn mit dem los? Doch Al-Tripy blickte zu Taha. Da fällt Karim ein, dass „Ahi Karim“ so viel wie „werter Bruder“ bedeutet und Al-Tripy damit Taha meinte.

Taha zieht die Chucks aus, Karim seine Mokassins. Bevor sie das Wohnzimmer betreten, wo sich die anderen aufhalten, müssen sie ihre Handys ausschalten und in einem kleinen Schränkchen im Flurregal verstauen. „Machen wir es dem Geheimdienst nicht zu leicht. Sobald ein paar wirkliche Muslime zusammenkommen, wollen sie die belauschen. Von wegen Religionsfreiheit“, lacht Abu Halal Al-Tripy. Das kennen Taha und Karim aus keiner Moschee. Taha legt trotzdem die komplette Umhängetasche ab, Karim sein Handy.

Die Sitzung beginnt mit einer Vorstellungsrunde. Es gibt klebrige Baklava und lauwarmen Tee. Als Taha an der Reihe ist, sind alle ganz neugierig, wie er zum Islam kam. Er erzählt die auswendiggelernte Geschichte, während die 73er staunen. Mittlerweile sind die Baklava verputzt und der Tee getrunken. Taha bietet an, das Geschirr abzuwaschen. „Nein, nein, lass mal! Das machen später die Frauen“, tönt Abu Halal Al-Tripy.

Malik ist komplett anders drauf als Abu Halal Al-Tripy. Der ist mit Ilıcan und Amin endlich bei Tina angekommen und überreicht ihrer Mutter eine Platte mit selbstgemachtem Sarmas. Weil Malik mitbekommen hat, dass Sebastians Mutter mit der aktuellen Situation überfordert ist und außer der

Arbeit kaum noch zu etwas kommt, wollte er etwas zum Essen mitbringen.

Als Malik zwölf Jahre alt war, befürchtete sein Vater, Malik könne sich zum Macho-Pascha entwickeln. Er machte nichts im Haushalt, räumte sein Zimmer nicht auf und war sogar zu faul, um seine schmutzige Wäsche in den Wäschekorb zu werfen. Da nahm sich der Vater seinen Sohn zur Brust.

Er erzählte ihm die Geschichte, wie ein Mann wenige Jahre nach dem Tod des Propheten (s) darunter litt, dass seine Frau immer mit ihm schimpfte. Anscheinend wusste er sich nicht anders zu helfen und ging zum Kalifen Umar (r), um sich zu beschweren. Als er sich dem Haus näherte, hörte er, wie Umars (r) Frau mit ihm meckerte. Wie sollte der Kalif ihm da helfen, er steckte doch in derselben Situation? Also kehrte der Mann enttäuscht wieder um. Doch der Kalif merkte, dass ihn jemand besuchen wollte, kam heraus und fragte nach dem Anliegen.

Der Mann berichtete von seiner Frau und dass er wieder nach Hause wollte, als er mitbekam, wie es dem Kalifen ging. Darauf antwortete Umar (r), der zu den mächtigsten Herrschern seiner Zeit gehörte, dass seine Frau so viel freiwillig für ihn oder seine Familie tue, ohne dass Allah dies verlange: Sie wasche seine Kleidung, kehre den Boden und mache das Haus sauber. Solle er da nicht tolerieren, wenn seine Frau mal lauter mit ihm wird?

Dazu erzählte Maliks Vater, dass der Prophet (s), wann immer es möglich war, im Haushalt geholfen habe. Seit dieser Ansage war Malik anders drauf. Auch wenn er sich immer noch nicht darum reißt, den Müll wegzubringen oder die Spülmaschine auszuräumen, müssen ihn seine Eltern wenigstens nicht zehnmal darum bitten. Außerdem hat er das Interesse fürs Kochen entdeckt. Das Rezept für die gefüllten Weinblätter hat er sich selbst ausgedacht.

So gut sie auch schmecken, Tinas Mutter kann keinen Happen zu sich nehmen. Sie ist viel zu aufgeregt, weil sie nicht weiß, was Sebastian in dem Livestream von sich geben wird. Sie sitzen gespannt im Wohnzimmer vor dem Laptop. Sebastian liest seine Botschaft vor: „Das ist eine wichtige Nachricht an den Bundeskanzler! Ich heiße Al-Almani, als Botschafter des ‚Heiligen Kalifats' in Mitteleuropa versuche ich es ein letztes Mal diplomatisch. Eure Lebensweise ist Anbetung des Schaytân: Alkohol, Drogen, die Gier nach Geld, Geld, Geld und andere Sünden. Gleichzeitig unterdrückt ihr die echten Gläubigen. Ihr seid verantwortlich dafür, dass in unseren Ländern unschuldige Kinder und Frauen sterben." Die ersten Kommentare erscheinen direkt. Kleine Teufel-Emojis. Einer schreibt: „Ist der krank der Typ!"

Amin hält es nicht aus, er will direkt die Sachen geraderücken, nicht dass Tinas Mutter etwas falsch versteht: „Was labert der? Der quatscht, als ob das hier der reinste Sündenpfuhl wäre. Und was hat der Kanzler mit dem Bild der zerstörten Moschee zu tun?", statt sich Amin zuzuwenden, schaut Ilıcan weiter gebannt auf den Bildschirm: „Amin, warte doch mal bis zum Schluss. Wir wollen zuhören!" Währenddessen gibt es schon über 40 Likes. Aber auch negative Reaktionen nehmen zu: Mittlerweile erscheinen 14 kleine rote Teufel, 12 Daumen runter und Kommentare wie dieser: „Solche Typen sollten vergast werden!"

Gerade kriegt Ilıcan noch mit, wie Sebastian droht: „Kanzler, du und dein Volk, ihr habt die Wahl: Schwert oder Islam. Tretet zum Islam über. Wenn nicht, dann wisset, niemand kann sich gegen den Willen Allahs auflehnen." In einer Kurzschlussreaktion hackt Tinas Mutter in die Tastatur: „Mein Sohn, was sagst du da für Sachen?" Die Kommentare darauf sind brutal: „Fang doch mal mit deiner eigenen Mutter an, du kleiner Möchtegern-Dschihadist!" Und der Mutter antwortet einer: „Du B*tch, wie kann man so ein Kind zur Welt bringen!" Auf Tina wirkt das sehr bedrohlich.

Sebastian kriegt die Reaktionen nicht mit. Er liest weiter vor: „Allahs Strafe wird über dieses Feindesland hereinbrechen. Hunderte von heiligen Kämpfern stehen bereit, Anschläge in euren Städten zu verüben. Sie warten nur auf ein Signal. Wir werden eure Kirchen abfackeln, eure Industrie zerstören und viele, viele töten.“ Wenig später ist das Video beendet, aber der Spuk noch nicht vorbei.

Auch die 73er müssen etwas erklären. Nachdem Taha nicht abräumen durfte, hat er eine Frage: „Wo sind denn die anderen 64?“ Die Runde schaut ihn verwundert an. Was meint der? „Ihr heißt doch 73! Hier zähle ich nur elf Brüder.“ Ein paar lachen. Das ist gut. So wirkt Taha, als hätte er keine Ahnung. Gerade will ein gewisser Dawud antworten, da prescht Karim vor: „Oder wurdet ihr im Jahr 1973 gegründet? Nwankwo und ich haben nämlich vorhin gewettet.“

„Wetten ist haram!“, sagt Dawud streng. Wenn der wüsste, wer von seinen eigenen Brüdern regelmäßig wettet! Darauf antwortet Al-Tripy und erzählt von dem Hadith mit den 73 Gruppen. „Wisst ihr, die meisten Muslime haben heute nicht mehr viel mit dem Islam zu tun. Sie haben viele Bidas, also Erneuerungen, in die Religion gebracht, deshalb muss man sich vor ihnen in Acht nehmen.“ Die Leier kennt Karim schon aus der Facebook-Antwort. Dawud macht weiter: „Ahis, seid vorsichtig! Jede Erneuerung bringt dich ins Höllenfeuer, hat der Prophet (s) gesagt. Unsere Lehre ist rein. Vom Propheten (s) bis heute. Wir Muslime müssen den Islam bewahren. Wir können nicht auf einmal sagen, das Gebet ist nur drei Mal am Tag, wir machen den Hadsch nach Shanghai oder Muhammad (s) ist ein Engel.“

Taha wendet ein: „Aber das sagen doch keine Muslime, oder?“

„Das nicht, aber schau dir mal die Moscheen an. Da ist nicht mehr alles so, wie es bei den Salaf, den ersten drei Generationen der Muslime, war.“

Das will Taha genauer wissen: „Was ist denn anders?"

„Ich gebe dir ein Beispiel. Zur Zeit des Propheten (s) gab es keine Gebetsketten. Da hat man mit einfachen Steinen Tasbîh gemacht." Karim hätte fast die Augen gerollt. Als ob es nichts Wichtigeres gäbe!

Er sucht den Augenkontakt zu Taha in der Erwartung, dass der das gleiche denkt. Aber Taha hört konzentriert zu und stellt sogar noch interessiert die Frage: „Sind denn diese Gebetsketten in den Moscheen auch Bida?"

Al-Tripy: „Ja, weil der Prophet (s) sie nicht benutzt hat." Karim kann es kaum glauben, aber Taha scheint das wirklich zu überzeugen. Wie gerne würde Karim etwas dazu sagen. Kann er aber nicht ohne aufzufliegen! Außerdem hat Al-Tripy auch gerade angefangen, einen Vortrag zu halten. Er schmückt seine Worte extrem aus.

Während er fast umkommt vor Langeweile, ist Tina am anderen Ende von Mannheim aufgeschreckt. Ihre Mutter wird in Antworten auf ihrem Kommentar weiter beschimpft und ihrem Bruder wird von Rechten gedroht und von anderen Radikalen applaudiert. Tina ist sich sicher: „So redet Sebastian nicht. Das hat jemand für ihn geschrieben." Was ihr auch seltsam vorkommt: „Wie kommt der dazu, sich als Botschafter zu bezeichnen?"

Malik weiß: „Diese radikalen Gruppen kleiden ihre Anhänger mit Pseudotiteln aus. Sebastian soll fühlen, dass er wichtig ist, dass er ausgewählt wurde. Es ist ein Teil ihrer Strategie, sie zu binden. Offenbar wirkt es."

„Leider. Wenn wir uns nicht solche Sorgen um ihn machen würden, könnte man fast lachen: Sebastian ein Diplomat", Tina schüttelt den Kopf und muss doch ein bisschen kichern. Die Mutter hingegen bleibt todernst: „Was sind das für Bilder, die im Hintergrund liefen?"

Das bringt Tina auf die Palme: „Auf einmal geht ihm das Schicksal der Menschen so nah. Als ich ihm aber vor einem Monat bat, Kleidersäcke, Medikamente und Spielzeug in ein Geflüchtetenheim zu bringen, hatte er keinen Bock."

Ilıcan: „Ich glaube nicht, dass ihn die Schicksale berühren. Auch das ist Strategie. Sebastian will, dass bei Muslimen die Gefühle hochkochen. So nach dem Motto: Ja, er hat doch Recht damit! Dann soll man ihm den Rest auch abnehmen." Doch nichts macht Tina, ihre Mutter und die drei Detektive fassungsloser als Sebastians Drohung, Gewalt anzuwenden. Amin nimmt sich ein gefülltes Weinblatt. Als er sieht, dass sonst niemandem zu essen zumute ist, legt er es wieder zurück.

Auch bei Al-Tripy diskutieren sie gerade über die Krisen in der muslimischen Welt. Während Dawud und Abu Halal Al-Tripy ausschließlich den Westen für das Elend verantwortlich machen, stellt Karim nervige Fragen. Als sie über das sogenannte Heilige Kalifat in Syrien sprechen, meint Karim halbfragend, halbfeststellend: „Wenn man euch so zuhört, hat man das Gefühl, dort ist das Paradies auf Erden."

„Ahi, das ist es, wallâhi", schwärmt Al-Tripy.

Karim hakt nach: „Ich habe gehört, dass sie dort Drogen anbauen und verkaufen, damit Geld in die Staatskasse fließt. Stimmt das?"

„Lüge!", schimpft Dawud.

„Aber ich habe davon gelesen", rechtfertig sich Karim.

Al-Tripy ungläubig: „In den Medien, he?"

Karim fühlt sich in die Enge getrieben. Obwohl er weiß, was ihn bei der Antwort erwartet, gibt er zu: „Ja, in den Medien habe ich das gelesen." Karim sollte doch im Hintergrund bleiben, ärgert sich Taha. Was soll das jetzt? Amüsiert lehnt sich Dawud zurück: „Ahi, du glaubst den Medien?", in der Runde wird gekichert, als würde Karim daran glauben, dass die Erde eine Scheibe ist. Dawud: „Na ja, ich habe noch nie etwas Positives über Muslime in den Medien gehört." Jetzt spult Dawud ab, was er anscheinend auswendig kann: „An allem sind die Muslime schuld. Sobald ein Anschlag passiert, war es ein muslimischer Terrorist. Wenn ein Mädchen vergewaltigt wird – wa aûzu billâh – war es ein muslimischer Flüchtling. Die Schulen sind so schlecht, weil sie von vielen Muslimen besucht werden. Und so weiter. Junge, glaub nicht, was in den Zeitungen steht!"

Klar, kann man kritisieren, dass viele Medien oft einseitig über Muslime berichten. Aber über die T.A.K.I.M.-Solidaritätsaktion für die Moschee in ihrem ersten Fall gab es auch Zeitungsartikel. Leider kann das Karim nicht erzählen. So wirkt es auf die anderen, als wäre Karim ein kleiner Naivling. Das wird ihn noch richtig auf die Palme bringen.

„Dann habe ich noch davon gehört, dass sie in dem Teil Syriens, in dem dieses Heilige Kalifat herrscht, Nichtaraber wie Menschen zweiter Klasse behandeln", wirft Karim ein.

„Kompletter Unsinn!", meckert Dawud wieder, ohne begründen zu können, warum das nicht stimmen sollte. Taha muss derweil tatenlos anschauen, wie sich sein Freund immer mehr ins Abseits begibt. Und Karim bohrt noch weiter: „Wie stehen die dort drüben eigentlich zu anderen Muslimen. Ist es wahr, dass letztens 17 Männer festgenommen wurden, weil sie im Internet Vorträge von angesehenen Gelehrten aus der Türkei und Marokko gehört haben?" Da werden Dawud und Al-Tripy hellhörig. Woher hat der Kleine das? So was wissen nur Insider.

Genau in diesem Augenblick beschließt Taha seinen Freund zu stoppen, bevor er die Gastgeber komplett gegen sich aufbringt. Aber wie? Er muss auch irgendwie zu ihm stehen. Jetzt hat er es. „Entschuldigt, wo ist nochmal die Toilette?" Alhamdulillâh, das lenkt die Frage ab. „Rechte Tür, wenn du im Flur bist", erklärt Al-Tripy. Taha nutzt den privaten Raum, um Karim einen Zettel zu schreiben: „Bitte hör auf zu provozieren. Nachher checken die noch, dass irgendwas nicht stimmt!" Dann kommt er wieder raus und geht an Karims Jacke. In der rechten Tasche fühlt er etwas Längliches, so groß wie ein kleiner Finger mit glatter Oberfläche, leicht zu biegen. Was ist das denn? Taha hat jetzt nicht die Zeit, das Ding herauszunehmen. Nachdem er den Zettel in die andere Jackentasche steckt, ist er felsenfest davon überzeugt, dass Karim gleich aufhört, aufzumucken. Er muss ihn nur zu seiner Tasche locken.

Als Taha zurück ins Wohnzimmer geht, hört er, wie Karim sagt: „Und noch ne Frage", da unterbricht ihn Taha: „Entschuldige Vijay, aber solltest du nicht deine Tabletten nehmen?" Eigentlich ist meistens Amin derjenige, der auf der Leitung steht. Nun versteht Karim nur Bahnhof. Er nimmt keine Medikamente. Taha hat damit gerechnet und bevor Karims Fragezeichen im Gesicht zu viel verraten, ergänzt er: „Wegen deiner Lymphknoten. Hast du die Tabletten nicht in deiner Jacke?" Obwohl Karim immer noch nicht weiß, was Taha genau will, geht er nachschauen. In Tahas Augen hat er erkannt, dass er ihm ein Zeichen geben will.

Alleine dafür, dass Abu Halal Al-Tripy und Dawud seinen Freund nicht so ernstnehmen, hat sich die Aktion für Taha gelohnt. Er macht das nur, um Karim und sich zu schützen. Und er setzt noch eins drauf, während Karim im Flur an seine Jacke geht: „Wenn er die Tabletten zu spät nimmt, wird er nervös und weiß oft nicht mehr, was er faselt." Als Karim das Gelächter von Abu Halal Al-Tripy hört, fängt er an, auf seine Unterlippe zu beißen. Gerade so stark, dass es ein bisschen wehtut. Er ist nur einen Schritt von der Jacke entfernt. In dem Moment denkt er sich: Was läuft da bei Taha schief? Wollte der mich loswerden, um sich über mich lustig zu machen?

Deshalb kehrt Karim zurück ins Wohnzimmer, ohne den Zettel entdeckt zu haben. Wieder eckt er an: „Übrigens, ich habe das nicht nur aus den Medien. Ich habe einen bengalischen Freund, dessen Tante dort lebt. Die hat es ihm erzählt und er mir", das ist nicht einmal gelogen. Tahas Kopf kippt ungläubig nach vorne.

Im Gegensatz zu Al-Tripy und Dawud hören Tina und ihre Mutter den Detektiven zu. Schritt für Schritt und Anschuldigung für Anschuldigung entkräften Malik, Ilıcan und Amin die wirren Gedanken von Sebastian. Das beginnt damit, Deutschland als Feindesland anzusehen. „Mein Vater ist nach Deutschland gezogen, weil er den Islam hier viel freier leben konnte als in Algerien. Im Bürgerkrieg der 90er Jahre waren auf einmal alle verdächtig, die regelmäßig in die Moschee gingen", erzählt Amin.

Amin greift Sebastians schreckliche Drohungen auf: „Niemals dürfen die Gotteshäuser anderer Religion angerührt werden!“

Da mischt sich Malik ein: „Amin, du hast schon Recht. Aber das musst du ein bisschen belegen, sonst klingt es nur wie eine Behauptung.“

„Kannst du bitte?“, richtet sich Amin an Malik, weil der sich besser auskennt.

„Nee, mach du ruhig!“, gibt Malik zurück.

Amin vergewissert sich nochmal bei Malik: „War es Abu Bakr (r) oder Umar (r), der in der Grabeskirche in Jerusalem vom Priester eingeladen wurde zu beten?“

„Ja genau, das war Umar (r), der zweite Kalif nach dem Tod des Propheten (s)“, weiß Malik, worauf Amin fortfährt: „Der Kalif lehnte die Einladung ab, weil er Angst hatte, dass Muslime irgendwann sein Gebet zum Anlass nehmen könnten, um aus der Grabeskirche eine Moschee zu machen. Solange er lebte, hätte er es selbst verhindern können. Aber er war so weitsichtig, dass er befürchtete, Muslime nach seinem Tod könnten es tun.“

Malik kommt nochmal auf den ersten Kalifen zurück: „Abû Bakr (r) war es, der verbot, im Krieg Tote zu schänden, Mönche oder Zivilisten anzugreifen und Tiere zu töten. Die Soldaten durften nicht einmal Bäume im Land der Gegner ausreißen!“ Tina und ihre Mutter staunen.

Auch Ilıcan wusste das nicht: „Da war Abû Bakr (r) seiner Zeit aber weit voraus. Die meisten Länder der Welt einigten sich erst 1977 darauf, im Kriegsfall die Landschaft der Gegner nicht zu zerstören.“ Tinas Mutter fällt es schwer, das Gesagte mit Bildern der Kämpfer aus Syrien zusammenzubringen, auf denen unschuldige Menschen „im Namen des Islams“ getötet werden: „Kennen die Terroristen solche Geschichten nicht?“

Malik zuckt die Schultern: „Das würde ich auch gerne wissen.“ Wahrscheinlich haben einfache Anhänger wie Sebastian die Geschichten nie gehört und die Rädelsführer verschweigen sie, weil ihre ganze Macht auf Hass aufbaut. Für Gedanken an Verständigung ist da kein Platz.

Am anderen Ende der Stadt kontert Al-Tripy Karim, der von der Tante seines bengalischen Freundes erzählte: „So, so. Dein Freund hat eine Tante, deren Schwager hat einen Freund, der einmal in der U-Bahn einen Märchenerzählter traf und der meinte, dass es ganz schlimm sei im Heiligen Kalifat“, an der Stelle steht Al-Tripy auf und sagt beim Verlassen des Zimmers noch: „Und das glaubst du?“ Die 73er lachen sich schlapp.

Taha ist heilfroh, dass es gleich Essen gibt. Da wird Karim bestimmt keinen neuen Streit vom Zaun brechen. „Ya Ahis, heute gibt es Couscous aus Tunesien. Richtig scharf, was für echte Männer“, dann schaut er Karim direkt in die Augen und bietet ihm an: „Wenn du willst, Kleiner, kannst du dir in der Küche ein Brot schmieren.“ Es ist einfach zu blöd, dass Karim sich provozieren lässt. Aber was bleibt ihm auch anderes übrig, schließlich geht es um scharfes Essen: „Essen die Tunesier auch scharf?“

„Auch? Nirgendwo isst man so scharf wie in Tunesien! Wir haben eine scharfe Paste, Harissa, da fliegen dir die Ohren weg!“

Für Taha hat Karim den Mund zu weit aufgerissen. So kennt er ihn gar nicht. Auf der anderen Seite denkt Karim, dass er schon viel zu viel schlucken musste. Vielleicht kann er deshalb nicht an sich halten. Anstatt Al-Tripy in seinem Glauben zu lassen, korrigiert er ihn: „Du meinst, Tunesien hat das schärfste Essen Nordafrikas, oder?“

„Naaaaaaein! Ich meine der Welt!!!“, das ist das erste Mal, dass Abu Halal Al-Tripy in dieser Runde laut wird.

Das macht Karim nichts: „Dann ist das falsch, wir Inder essen schärfer.“ Taha findet die Diskussion albern und riskant. Aber was soll er tun? Er kann Karim nicht den Teller wegnehmen. So nehmen die Dinge ihren Lauf. Al-Tripy verspricht: „Du wirst schon sehen!“ Karim lacht sich ins Fäustchen.

Keine drei Minuten später platzieren zwei 73er mehrere blaue Müllsäcke auf dem Boden, holen große Platten Couscous und legen sie in die Mitte. Alle setzen sich um das blaue Plastik herum. Abu Halal Al-Tripy hat extra neben Karim Platz genommen und quetscht die Harissa aus der Tube. „Na, probier mal!“, ruft er Karim auf: „Wenn du nicht mehr kannst, weißt du ja, wo das Klo ist, ha, ha, ha!“ Auch drei, vier andere 73er lachen.

Karim nimmt sich genüsslich ein paar Happen, schmatzt, bis er plötzlich aufsteht und wortlos das Wohnzimmer verlässt. Hat er seinen Mund doch zu voll genommen? Alle schauen ihm hinterher. „Hab ich's euch nicht gesagt? Aber ich habe den Kleinen gewarnt, ihr seid meine Zeugen“, spaßt Al-Tripy auf Kosten Karims. Eins ist klar, Karim würde sich nicht über ihn lustig machen, wenn er leiden würde.

Kurz darauf erscheint Karim wieder im Wohnzimmer. Al-Tripy grinst immer noch: „Junge, inschallah bist du jetzt schlauer. Reiß deine Klappe nicht so weit auf! Du musst uns einfach glauben!“

„Eh, warum?“, Karim versteht nicht: „Ich bin nur zu meiner Jacke gegangen, um ein paar echte Chilis zu holen.“ Welcher 14-jährige Junge hat feuerscharfe Chilis in seiner Jackentasche, verpackt in einer kleinen Plastiktüte, als wären es Gummibärchen oder Kaugummis? Weil ihm das Essen auswärts zu fade schmeckt, hat er sich angewöhnt, immer ein paar Schoten dabei zu haben. Tahas Zettel hat er immer noch nicht bemerkt. Jetzt geht auch Taha ein Licht auf, was er da vorhin in Karims Jackentasche ertastete. Ihm schwant Böses.

Karim zerreißt die Schoten entzwei, schüttet ein paar Kerne auf Abu Halal Al-Tripys Teller, nimmt ein paar zu sich und zerpflückt den Rest, den er dann ebenfalls gerecht verteilt. Nach dem ersten Happen nickt er sich selbst zu, als würde er sich sagen: Ja, jetzt hat es die richtige Schärfe. Genüsslich isst Karim einen Löffel nach dem anderen.

Endlich Ruhe. Auch die anderen entspannen sich. Man unterhält sich zu zweit oder zu dritt über dies und das. Bis Dawud merkt, dass sein Freund Al-Tripy seit ein paar Minuten verstummt ist.

Bei Tina zu Hause ist es still geworden. Ihre Mutter hat die Frage aufgeworfen, was sie von der Drohung ihres Sohnes halten sollen. Ilıcan bricht das Schweigen: „Hoffentlich war es nur ein Bluff. Aber wenn wir nicht mit allem rechnen…“, allen ist klar, was Ilıcan damit andeutet. Amin ist sich bei einer Sache unsicher: „Hat er wirklich hunderte verblendete Mitstreiter?“

„Das glaube ich eher nicht. Aber mehr wissen wir wahrscheinlich, wenn Karim und Taha zurück sind. Vielleicht hat Sebastian seinen Mund einfach ein bisschen zu voll genommen“, erwägt Malik.

Definitiv hat Al-Tripy seinen Mund zu voll genommen. Zu große Worte und vor allem zu viel Chili. Er hat aufgehört zu essen, atmet tief und schwer. Ihm ist schwindlig und er schwitzt. Seit ein paar Minuten vermeidet er die kleinste Bewegung in der Hoffnung, dass die Feuerwalze in seinem Rachen endlich davonrollt. Dawud hat das bemerkt und kommt schnell um die Plane geeilt. Jetzt werden auch die anderen auf Al-Tripy aufmerksam. Dawud gießt seinem Scheich hektisch Sprudel ein, die Hälfte geht daneben. „Ahi, komm trink! Bismillâh!"

„Nein, kein Sprudel! Milch!", Karim will ihn vor dem nächsten Fehler bewahren. Doch der Brand in seinem Hals schmerzt viel zu heftig. Al-Tripys Instinkt befiehlt: Du hast was zum Löschen, her damit! Die Milch im Kühlschrank ist zu weit weg. Außerdem würde er nie im Leben Karims Rat annehmen.

Er nimmt hastig fünf, sechs Schlucke. Gespannt schauen ihn alle an. Hilft es? Hätte er dieses eine Mal auf Karim gehört, denn sein Hals brennt jetzt noch heftiger. Als ob noch Brennspiritus über das Feuer geschüttet wurde. Er lässt einen schrillen Schrei von sich, rennt zum Kühlschrank und kippt sich einen ganzen Liter H-Milch hinein. Langsam beruhigt sich sein Hals.

Dafür fühlt er, wie es jetzt in seinem Bauch brodelt und brummelt. Dawud will gerade im Flur nach seinem Kumpel schauen, als der vor seiner Nase den nächsten Sprint hinlegt. Dieses Mal von der Küche zum Klo.

Derweil steht Taha auf. Er hält es für die beste Idee zu verschwinden, bevor Karim noch rausgeschmissen wird. Er zieht seinen Freund am Ärmel hoch. „Tut mir leid Brüder, aber wir müssen gehen. Ich“, und das betont er ganz deutlich, dass keiner denkt, er könnte auch Karim meinen, „würde euch echt gerne wiedersehen. Macht's gut!“

Im Flur will sich Taha noch schnell von Dawud verabschieden. Aber der kriegt das nicht mit. Dawud presst sein Ohr an die Toilettentür, um zu hören, wie es Al-Tripy geht. Von draußen hört man nur ein Wimmern. Drinnen klammert sich Al-Tripy an den Duschvorhang wie ein Kind an seine Mama.

Wie Taha und Karim sind auch Ilıcan, Amin und Malik auf dem Heimweg. Zurück bleiben Tina und ihre Mutter, die immer noch auf Sebastians friedliche Rückkehr hoffen. Zugleich wird ihnen aber bewusst: Die Chancen dafür schwinden.

Auf dem Weg zu Malik sprechen die Detektive über die Situation in der muslimischen Welt. So viele

Diktaturen, die ihr Volk unterdrücken. Meistens sehen sie praktizierende Muslime als große Gefahr für ihre Macht an, weil sie viele sind, gut organisiert und oft selbstsicher agieren. Die Konsequenz ist, dass die Machthaber die jungen Menschen oft in Gefängnisse stecken.

So können sie sich nicht mehr für die Grundrechte einsetzen: Gerechtigkeit, Meinungsfreiheit, Pressefreiheit, das Recht demonstrieren zu dürfen. „Dass wir von hier aus nichts für sie tun können, macht mich verrückt. Entweder man wird radikal wie Sebastian oder schweigt", meint Amin.

„Inschallah gibt es noch mehr Möglichkeiten. Mir geht es genauso wie dir. Ich will auch was gegen diese Ungerechtigkeit tun. Ich habe da schon eine Idee. Lasst uns nachher mit Karim und Taha darüber sprechen", kündigt Malik an. Doch dazu kommt es erst einmal nicht.

MEHR ALS EINE SIBHA ZERSPRINGT

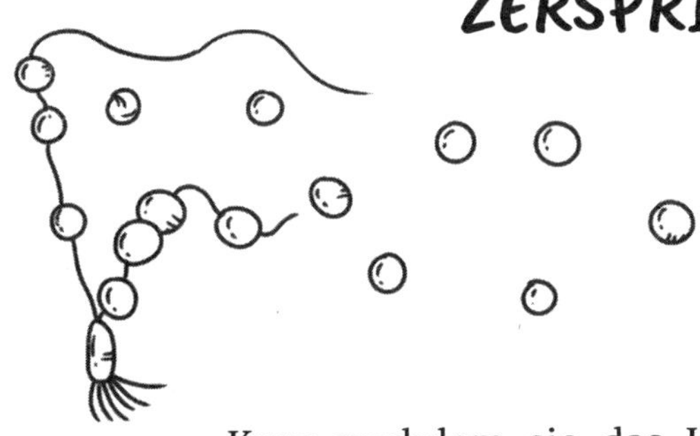

Kurz nachdem sie das Haus verlassen, macht Taha Karim an: „Was war los mit dir?"

„Was mit mir los war? Mit dir stimmt doch was nicht!", gibt Karim zurück.

„He?", Taha glaubt nicht, was Karim da gerade gesagt hat: „Du hättest uns fast verraten! Du schickst Abu Halal jetzt ne Nachricht und entschuldigst dich!"

„Abu Halal? Du meinst Abu Krawall! Bei dem ganz bestimmt nicht!" Taha nickt mit dem Kopf so nach dem Motto: Alles klar, du wirst schon sehen: „Das klären wir mit den anderen!" Das sind die letzten Worte, die die beiden fürs Erste miteinander wechseln. Schweigend steigen sie in den Bus. Taha ist so sauer, dass er sich nicht neben Karim setzt. Nachdem sie aus dem Bus aussteigen, ist es diesmal Karim, der kurz schaut, welchen Weg Taha einschlägt und dann einen anderen zu Malik nimmt. Sie kommen dennoch gleichzeitig an.

Taha hat im Flur noch nicht einmal die Schuhe ausgezogen, da fordert er schon: „Wir müssen eine Team-Schura machen!" Karim knabbert wieder verzweifelt an seiner Unterlippe. Mittlerweile haben sich kleine blaue Flecken auf der Haut gebildet.

Die anderen brauchen keine Detektive zu sein, um sofort zu erkennen, dass dicke Luft zwischen den beiden herrscht.

In der Hoffnung, dass sich die Gemüter beruhigen, beginnt Malik mit dem Duâ. Ihm fällt auf, dass die Streithähne am Ende nicht einmal „Âmîn" sagen. Immer noch in Rage berichtet Taha von Karims Provokationen: „Erst lässt er sich auf eine bescheuerte Diskussion über das Heilige Kalifat ein und dann führt er den Gastgeber auch noch beim Essen vor."

„Und du hast mit den Tabletten gelogen. Aber was noch viel krasser ist, du hast dich mit denen über mich lustig gemacht!"

Malik kommt nicht hinterher: „Tabletten? Vorführen beim Essen? Wie denn das?"

„Die haben ‘nen Wettbewerb gemacht, wer das schärfere Essen verträgt", berichtet Taha. Amin hebt die Hand zum Abklatschen mit Karim: „Du hast gewonnen, oder?" Karim schlägt grinsend ein, was Taha noch mehr auf die Palme bringt: „Karim, was bist du für ein Kind?! Ihr hättet mal hören müssen, wie der Typ geröchelt hat." Die Anspielung auf sein Alter nimmt Karim nicht hin. Der will zu meinen besten Freunden gehören, fragt er sich. „Und du, du glaubst denen sogar ihren ganzen Mist!", haut Karim zurück.

Würde sich Taha nicht im selben Moment mit dem Daumen sein Auge reiben, um ein Kleinkind nachzuäffen, hätten sich Ilıcan, Amin und Malik sicherlich gefragt, was Karim damit meinte, Taha glaube den 73ern? So aber schauen sie zu Taha, der weiter Karim übertrieben imitiert: „wäh, wäh, wäh." Keiner der Detektive flippt so selten aus wie Karim.

Wenn es mehrere Mauern gibt, die ihn davor schützen, die Selbstbeherrschung zu verlieren, dann hat Taha gerade die vorletzte zum Einsturz gebracht.

Karim reißt Malik die Gebetskette aus der Hand, fuchtelt mit ihr vor Tahas Gesicht und appelliert mit zittriger Stimme an die Anderen: „Das hier – ne? – ist für ihn Bida! Stellt euch das mal vor!“ Als wären Amin, Ilıcan und Malik Geschworene im Gericht.

Gleichgültig, fast arrogant gibt Taha zurück: „Ist ja auch Bida!“ Die Antwort schockiert Karim dermaßen, dass der letzte Schutzwall bricht und ihm die Sicherungen durchbrennen. Voller Wut holt er aus und schleudert die Gebetskette in Tahas Richtung. Der duckt sich rechtzeitig, ehe die Sibha hinter ihm gegen die Wand prallt, die feine Silberkette reißt und die Perlen in 33 Richtungen springen. Erst scheppert es, dann hört man es ein paar Mal klimpern. Schließlich rollen die türkisenen Perlen durch den ganzen Raum.

Einen Moment lang befinden sich alle in Schockstarre und fragen sich, was das denn war. Dann will Taha auf Karim los. Zum Glück erkennt Amin die Situation, springt dazwischen und hält die beiden auseinander. So einen heftigen Streit gab es bei T.A.K.I.M. noch nie. Karim und Taha schreien sich wie wild geworden an: „Na, warte! Das wirst du bereuen! Schade, dass ich dich nicht getroffen hab! Du bist so was von naiv!" – „Besser naiv, als eine Bida zu begehen! Ich mach dich fertig! Komm doch! Du Kind!" Das Handgemenge hört erst auf, als Amin den weinenden Karim hochhebt und in ein anderes Zimmer trägt.

Malik schiebt traurig die Unterlippe vor. Ilıcan macht Duâ: „Ya Allah, bitte vergib den beiden.Sie sollen sich gegenseitig vergeben." Und Taha ballt immer noch die Faust. Nach ein paar Minuten spricht Malik ihn an: „Willst du nicht zu ihm gehen und mit ihm reden?"

Taha reagiert empört: „Nein, ich entschuldige mich nicht. Der kann sich bei mir entschuldigen!"

„Ich habe doch gar nicht gesagt, dass du dich entschuldigen sollst", stöhnt Malik, „Ich meinte nur, dass du mit ihm sprechen sollst."

„Warum? Ich habe nichts falsch gemacht!", bockt Taha.

„Selbst wenn! Es ist Sunna, als erstes auf den anderen zuzugehen, nachdem man gestritten hat." Aber auch die Botschaft des Propheten (s) bewirkt gerade nichts.

Daraufhin winkt Malik Ilıcan und Amin zu sich. Er will sich mit ihnen besprechen, denn so geht es auf keinen Fall weiter. Wie sollen sie den Fall lösen, wenn T.A.K.I.M. auseinanderbricht? Die drei beschließen, getrennt voneinander mit Taha und Karim zu sprechen. Ilıcan und Amin gehen zu Taha, Malik zu Karim. Da sieht er, wie Karim gerade seine letzten T-Shirts in den Koffer stopft!

Zur selben Zeit sitzt Sebastian im Zug von Mannheim nach Heidelberg. Er will dort ins „Check Out“, das ist eine bekannte Diskothek. Das Tanzen an sich ist kein Problem. Bei Henna-Abenden tanzen Mädchen, Frauen und Kinder. Und in manchen Familien tanzen Mutter und Vater fröhlich mit den Kindern. Aber eine Disko mit Anbaggern, Alkohol, anzüglicher Aufmachung und Songs voller Flüche ist kein passender Ort für Muslime. Was – um alles in der Welt – verschlägt Sebastian an so einen Ort? Ist das die Kehrtwende, auf die Tina und ihre Mutter hoffen? Zumindest wäre es besser, als anderen Menschen Gewalt anzutun.

Er sitzt nervös im Zug. In der Hosentasche steckt ein harter schwarzer Gegenstand. Er kratzt unruhig mit dem Fingernagel seines Daumes an der schwarzen Kunststofffolie. Sobald er ein kleines Stück abtrennt, schnippst er es quer durch den Waggon.

In Heidelbergs Altstadt steigt Sebastian aus. Es ist zwanzig nach eins. Bis zum „Check Out“ hat er noch eine halbe Stunde Fußweg vor sich. Während er am Flussufer langläuft, fragt er sich, ob es wirklich richtig ist, in die Disko zu gehen. Nachdem er unter einer Brücke durchging, hockt er sich für einen Moment ans Wasser. Von der Straße oben wirft eine Laterne ihr Licht auf den Fluss. Er sieht sein Spiegelbild.

Wie schnell sich sein Leben in den letzten Monaten gewandelt hat! Er wundert sich: Der Bart, seine pakistanische Pumphose und das knielange Hemd – früher hätte er über solche Typen gelacht.

Sebastian schaut hoch in die finstere Nacht und merkt: So hundertprozentig überzeugt ist er von diesem neuen Weg doch nicht. Was heißt das jetzt für heute Abend? Soll er oder soll er nicht in die Disko gehen?

Der Himmel ist bedeckt. Sebastian blickt wieder sein Spiegelbild an. Plötzlich ist er erleichtert, ihm fällt das Duâ ein, das man spricht, wenn man in den Spiegel schaut: „O Allah, du hast mir eine gute körperliche Gestalt gegeben, gib mir auch einen guten Charakter und bewahre mein Gesicht vor dem Höllenfeuer!" Leider bewirkt das Wort Höllenfeuer bei Sebastian, dass er sich einbildet: Je heftiger er vorgeht, desto eher werden ihm seine schlechten Taten vergeben. Was für ein Trugschluss! Denn der Prophet (s) sagte, dass Allah nur der Person Barmherzigkeit zuteilwerden lässt, die selbst barmherzig zu anderen ist.

Als Al-Tripy vor drei Wochen das Duâ erklärte, ging es nur um das Höllenfeuer und Ängste. Kein Wunder, dass Sebastian so denkt. Dabei verschwieg Al-Tripy bewusst die Geschichte, wie der Sahâba Abû Dardâ mit dem ersten Teil des Duâs umging. Der betete die ganze Nacht über: „O Allah, du hast mir eine gute körperliche Gestalt gegeben, so gib mir auch einen guten Charakter!" Immer wieder von neuem flehte er Allah an.

Seine Frau fragte ihn am nächsten Morgen nach dem Grund für sein Verhalten. Abû Dardâ antwortete: „O Umm Dardâ! Wahrlich ein Muslim verschönert seinen Charakter und als Folge behandelt er andere Menschen so gut, dass dieses Duâ für ihn machen, bis er das Paradies aufgrund ihrer Bittgebete für ihn betritt."

Natürlich würden die 73er ihren Scheich Al-Tripy fragen, was einen guten Charakter ausmacht. Dann aber müsste er ihnen Eigenschaften nennen wie: Frieden verbreiten, barmherzig sein, solidarisch mit den Schwachen sein und großzügig gegenüber den Armen und fürsorglich mit den Alten. Aber das passt nicht zu Al-Tripys Lehre. So schreitet Sebastian blinden Eifers weiter in Richtung „Check Out".

Als Sebastian ankommt, stehen zwei Türsteher und ein paar Partygänger rauchend vor dem Gebäude, das am Ende einer gut zwanzig Meter langen Auffahrt liegt. Ihnen fällt nicht auf, wie Sebastian ein paar Mal auf der gegenüberliegenden Straßenseite auf und ab läuft und sich dann hinter einen Stromkasten setzt. Immer wenn er hört, dass jemand den Klub verlässt, hebt er seinen Kopf. Doch erst einmal ist niemand dabei, der in sein Beuteschema passt.

Dieser Auftrag von den 73ern verlangt ihm ganz schön was ab. Es ist kalt, er ist müde und hinter dem Kasten stinkt es nach Hundeurin und Erbrochenem. Eine quälende Stunde harrt er aus. Ein paar Mal nickt er kurz ein. Um sich wachzuhalten, wippt er mit dem Kopf zu den Beats von irgendwelchen alten Gangster-Hiphopsongs. Es ist schon fast drei Uhr.

Dann kommt einer heraus, der dem gesuchten Profil entspricht. Sebastian schleicht einem Mann hinterher, der Springerstiefel und eine olivgrüne Armeehose und -jacke trägt. Der Mann biegt in eine Seitenstraße. Sebastian geht unbemerkt hinterher. Wahrscheinlich hat der Kerl schon ein paar Gläser zu viel getrunken oder ist müde. Er schlürft den Gehweg entlang.

Dann überschlagen sich die Ereignisse: Der Mann holt seinen Autoschlüssel aus der Hosentasche - drückt auf den Knopf - zehn Meter entfernt hupt es - die Blinker eines Fords leuchten auf - Sebastian greift in die Hosentasche – zieht die Pistole heraus – sprintet zu dem Mann - holt aus und schlägt seinem Opfer mit der Pistole mit voller Wucht in die Kniekehle. Erst fällt der Mann nach vorne auf die Knie, dann kippt er um wie eine gefällte Tanne. Sebastian zieht dem bewusstlosen Mann das Portemonnaie aus der Hosentasche. Er macht ein Foto von seinem Personalausweis. So hat er es früher auch immer gemacht, wenn er Gleichaltrige abgezogen hat.

In der Zwischenzeit konnte Malik den Jüngsten der Detektive gerade einmal dazu bewegen, nicht mitten in der Nacht abzureisen. Mehr haben die stundenlangen Gespräche mit den beiden Dickköpfen nicht gebracht. Amin wollte sie schon zwingen, zu zweit in einem Zimmer zu schlafen, damit sie keine andere Wahl haben, als sich zu vertragen. Wieder geht Malik zu Taha. Er konfrontiert ihn mit der großen Gefahr: „Willst du wirklich, dass an eurem Streit alles kaputt geht: Eure Freundschaft, Sebastians Rettung, T.A.K.I.M.? Und was ist mit unserer gemeinsamen Reise in die Türkei?“

„Ist mir egal! Hast du nicht gesehen? Der wollte mir die Gebetskette an den Kopf werfen.“ Malik nickt gelangweilt, weil er die Leier schon so oft gehört hat. Warum kann Taha das nicht mal hinter sich lassen? Nun versucht er auch noch, Malik gegen Karim aufzubringen: „An deiner Stelle würde ich ihm die kaputte Kette nicht durchgehen lassen! Die soll er dir ersetzen!“

„Taha, lass die Sibha mal meine Sorge sein! Wenn ihr euch wieder vertragt, ist mir das tausend Ketten wert“, gibt Malik streng von sich und verlässt das Wohnzimmer.

Ilcan und Amin kommen bei Karim auch nicht weiter. Während sie an seine Verantwortung appellieren, sucht Karim mit seinem Smartphone nach den nächsten Zugverbindungen nach Berlin. Er möchte vor Taha flüchten. Wenn der nur endlich verstehen würde, dass Karim seinetwegen Angst hat. Angst davor, er könnte offen sein für dieses fehlgeleitete Verständnis vom Islam.

Karim will diese schrecklichen Gedanken loswerden. Gedanken daran, dass Taha irgendwann nicht mehr mit ihm beten könnte oder ihn nicht mehr mit „Salâm alaykum“ grüßt. Doch Gedanken lassen sich nicht so einfach abschütteln. Karim versucht sich das Gute an der Situation einzureden. Endlich hat er eine passende Fahrt gefunden, er bucht direkt über das Handy. Um 6:30 Uhr greift Karim zum Koffer und geht zur Haustür. Das war es dann wohl. Können jetzt alle einpacken?

ALLES ZURÜCK AUF START – EIN U-TURN BRINGT'S

Den brutalen Überfall konnte T.A.K.I.M. nicht verhindern. Doch das war nur Sebastians Generalprobe. Die weitaus verhängnisvollere Tat soll nicht in Deutschland verübt werden. Sebastians Flugticket ist auf Mittwoch ausgestellt. Es sind noch drei Tage bis dahin. Es ist zum Verzweifeln, dass die Detektive ihre Chance so gut wie verspielt haben.

Malik will seinem Freund Karim einen letzten Gefallen tun: „Warte, meine Mama fährt dich bestimmt zum Bahnhof. Ich komme mit." Karim dreht sich um, blickt in Maliks trauriges Gesicht und weiß, dass er ihm dies nicht abschlagen kann. Malik rennt schnell hoch, wo seine Mutter gerade mit dem Morgengebet fertig wurde. Schnell fasst er zusammen, was heute Nacht los war. „Warte, ich rufe Tante Hadidscha an. Mal sehen, was sie meint. Vielleicht können wir noch was machen." Doch Tante Hadidscha gibt keine Hoffnung. Sie habe selbst schon versucht, Karim umzustimmen. Ohne Erfolg: „Lass es lieber, sonst ist er auch noch sauer auf dich!", sagt sie zu Maliks Mutter.

Unten verabschiedet sich Karim von Ilıcan und Amin mit einer Umarmung. Taha wirft er nur einen flüchtigen Blick zu. Ihre Blicke treffen sich nicht, sonst hätte Karim ihm wenigstens kurz zugenickt. So aber gehen sie ohne ein Wort auseinander. Taha glaubt eh, dass Karim das nicht ernst meint und gleich wieder zurückkommt.

Fünf Minuten später sitzen sie im Auto. Malik auf dem Beifahrersitz, seine Mutter am Steuer, Karim hinter ihr. Er schaut aus dem Fenster. Eine Träne bricht sich langsam Bahn und fließt über die Wange. Beide Jungs sind kaputt von einer Nacht voll anstrengender Gespräche, viel Enttäuschung und wenig Schlaf. Malik schaltet das Radio an, um von der unangenehmen Stille abzulenken. Zuhören tut er nicht. Jedenfalls nicht die ersten Minuten der Autofahrt.

Noch schwelgt Malik in Erinnerungen an ihren zweiten Fall, als sie in einem Dorf in Brandenburg den islamfeindlichen, rechtsextremen Terroristen vom Drachenorden auf der Lauer lagen. Sie plauderten nachts über ihre Ziele und Träume, darüber, welche Jobs sie gerne mal ausüben würden. Schon da wollte Karim Imam werden. Das Verrückte ist, dass keiner ihn so sehr darin ermutigte wie Taha. Malik selbst sah sich später mal als Radiomoderator. Bei dem Gedanken hört er unweigerlich wieder das Radio. Der Moderator geht ihm allerdings mächtig auf den Zeiger.

Nach den News aus aller Welt, heißt es, der Kanzler habe eine Messe eröffnet, ein Elektrokonzern baut tausende Stellen ab und die Regierung plant eine neue Autobahnstrecke. Es folgen Neuigkeiten aus der Region. Für Malik sind das die langweiligsten Infos überhaupt und Karim kann erst recht nichts mit ihnen anfangen.

Malik will das Radio ausschalten. Gerade als er auf die Off-Taste drückt, vermeldet der Nachrichtensprecher: „In der gestrigen Nacht ereignete sich in Heidelberg ein islamistischer Anschlag." Da ist der Ton aus. Reflexartig schaltet Malik das Radio wieder ein. Karim rutscht mit einem Satz nach vorne. Ein paar Infos haben sie verpasst. Gebannt lauschen sie, was Zeugen aussagen.

Nachdem der Radiomoderator den geflüchteten Täter beschreibt, warnt er: „Bitte nehmen Sie sich in Acht. Sollten sie jemandem begegnen, auf den die Beschreibung zutrifft, unterlassen sie jeden eigenhändigen Versuch, die Person zu stellen! Alarmieren sie umgehend die Polizei! Es handelt sich bei dem gesuchten Mann um einen Terroristen, er ist bewaffnet und zu allem bereit!" Ein fragender Blick Richtung Karim und Malik weiß, dass sein Freund denselben Verdacht hat: Sebastian hat zugeschlagen!

Das Auto steht an der letzten roten Ampel vor dem Bahnhof. Normalerweise kann sich Malik nie entscheiden, aber jetzt kommt es auf ihn an. Deshalb sagt er entschlossen: „Karim, wir fahren zurück. Die anderen müssen das erfahren!" Karim nickt. Dass er sich so gekränkt fühlte wie nie zuvor, muss er jetzt ausblenden. Das weiß er. Maliks Mutter ist auch erleichtert, sie macht einen U-Turn, der zu T.A.K.I.M.s Lage passt: Bevor der Gegenverkehr in sie reinfährt, reißt sie den Wagen herum. Das aufgebrachte Hupen der zwei Wagen hinten ihnen kriegen Malik und Karim vor lauter Aufregung nicht mit.

Als die anderen sehen, dass Malik mit Karim die Wohnung betritt, glauben sie ihren Augen kaum.

Nachdem Karim seine Drohung wahr gemacht hatte und mehr als eine halbe Stunde weg gewesen war, hat auch Taha endlich den Ernst der Lage verstanden. Ihm wurde bewusst, was er dazu beigetragen hat. Alhamdulilah. Auch wenn er ein Lächeln unterdrückt, fällt ihm ein kleiner Stein vom Herzen, als er Karim wiedersieht. Deshalb reicht er ihm die Hand. Karim schlägt ein.

Dann fängt Malik hastig an zu erzählen: „Hier hört euch mal die Nachrichten an.“ Er sucht mit seinem Smartphone die Mediathek. Taha und Ilıcan wissen, sie werden etwas hören, was sie umhauen wird. Sonst wäre Karim niemals mit zurückgekommen.

Doch die volle Nachricht kommt nicht rüber, denn Amin regt sich schon direkt nach dem ersten Satz so sehr auf, dass keiner etwas versteht: „Islamist, Islamist! Was soll das sein? Wenn ich das schon höre!“, Malik muss die Wiedergabe stoppen, damit sie nicht so viel verpassen. Amin ist längst noch nicht fertig: „Mein Lehrer nannte mich Islamist und genauso einen Mitschüler, der, außer dem Namen, nichts mit dem Islam zu tun hat. Und uns werfen die in den gleichen Topf mit so einem Abgeirrten?“ Ilıcan denkt sich: Gute Frage, aber nicht jetzt: „Psst! Ich will hören, was los ist.“

Damit Amin sich nicht wieder an dem Radiosprecher aufhängt, fasst Malik lieber selbst zusammen: „Es spricht Einiges dafür, dass der Täter ein Muslim und leider Gottes Sebastian war. Im Radio haben sie gesagt, dass er circa 1,90 groß ist, eine schwarze orientalische Wollmütze und einen langen Bart trägt.“ Amin zuckt mit den Schultern und denkt sich: „Das ist noch kein Beweis.“ Stimmt, aber dann berichtete der Sprecher, dass der Täter grüne Augen hatte. Das spricht schon eher dafür, dass es Sebastian war."

Da sich Amin doch dazu entschieden hat, zuzuhören, lässt Malik den Beitrag noch einmal laufen: „Der Täter prügelte auf sein wehrloses Opfer ein, obwohl es schon am Boden lag. Wahrscheinlich konnte das Opfer nur überleben, weil der Täter von der ersten Straßenbahn des Tages überrascht wurde. Die Fahrgäste bezeugen, dass der Täter vor seinem auf dem Boden liegenden Opfer stand und eine Waffe auf ihn richtete. Als er die Bahn wahrnahm, schrie er Allahu akbar, streckte dabei die Waffe in die Luft und rannte davon. Seither fehlt von ihm jede Spur." Hier stoppt Malik die Nachricht.

Als Kampfsportler würde Amin nie jemanden schlagen, der am Boden liegt. Das macht ihn wütend. Taha reagiert verzweifelt und hilflos, denn durch die Tat werden viele wieder sagen: „Typisch Islamist!" Ilıcan hingegen denkt vor allem ans Opfer. „Wie es dem armen Kerl wohl geht? Inschallah lebt er und kommt wieder auf die Beine." Malik weiß bis jetzt nur, dass er auf einer Intensivstation liegt. Ob er in diesem Moment um sein Leben ringt, ist nicht bekannt. „Weiß man denn, wer der Mann ist?", möchte Taha wissen. „Nur so viel: Er ist ein Soldat aus Heidelberg", berichtet Karim.

Wenn die Jungs in diesem Fall noch etwas erreichen wollen, müssen sie jetzt wieder an einem Strang ziehen. Zum Glück erkennen das auch die beiden Streithähne. Taha wird klar, dass sein Freund nur Angst um ihn hatte. Und er erkennt, wie verunsichert er gestern Nachmittag war. Dass eine Bida letztendlich in die Hölle führt, ist einfach krass.

Der Prophet (s) scheint diesen Satz, dass jede Bida letztlich in die Hölle führt, wirklich so gesagt zu haben. Taha hat Angst davor, dass die Menschen ihre eigenen Gedanken und Vorstellungen mit der göttlichen Botschaft des Islams vermischen. Er und alle Muslime brauchen die Sicherheit, dass sie heute an die gleiche Lehre glauben, die ihr geliebter Prophet (s) vor merhr als 1400 Jahren verkündete.

Weil er weiß, dass Karim das genauso sieht und eigentlich der beste Ratgeber in Glaubensfragen ist, entscheidet er sich für diese große Geste: Er kniet sich hin und sammelt die Perlen auf, die noch immer im ganzen Zimmer herumliegen. Das kommt an, Karim hilft mit. Schließlich hat er die Kette geworfen. Einen Moment später kriechen alle fünf Detektive auf allen Vieren durch das Zimmer und heben die türkisenen Perlen auf.

Amin sagt aus Spaß: „Karim, letzte Nacht bin ich auf mindestens zehn Perlen barfuß getrampelt. Das tat so weh. Ich war richtig sauer auf euch."

Da nimmt Malik ein paar Perlen und wirft Karim und Taha damit ab: „Ihr Idioten! Was war das für eine bescheuerte Aktion gestern?" Auf einmal fangen auch Ilıcan und Amin an, Perlen auf Karim und Taha zu werfen. Nachdem die anderen keine Munition mehr haben, fragt Taha seinen Kumpel: „Müssen wir nicht aufpassen, dass wir keine fremden Ideen in unsere Religion tragen?"

„Na klar, müssen wir das. Aber was heißt das genau?", fragt Karim.

„Wie ist das zum Beispiel mit der Gebetskette hier? Bida oder nicht?", Taha hält Karim die wieder aufgeschnürte Sibha hin. Karim ist froh, dass er ihm das endlich erklären kann: „Schau mal, der

Gelehrte Ibn Taymiyya sagte, dass Tasbîh mit den Fingern besser ist, aber die Gebetskette keine Bida darstellt. Du veränderst mit der Sibha nicht das Wesen der Ibâda.“ Karim hätte viele Gelehrte zitieren könnten, wählte aber bewusst Ibn Taymiyya, weil die 73er sich gestern immer wieder auf ihn bezogen haben. Das beruhigt Taha.

Karim will das komplizierte Thema noch verständlicher machen: „Der rechtgeleitete Kalif Usmân (r) führte einen zweiten Azân beim Freitagsgebet ein, damit sich Muslime frühzeitig auf das Gebet vorbereiten konnten. Der Prophet (s) tat das nicht. Heutzutage wird es wiederum in den meisten Moscheen gemacht. Wäre das nach dem engen Verständnis von Dawud und Al-Tripy nicht eine schwerwiegende Bida?“

Taha gibt zu: „Doch schon.“

„Aber wie realistisch ist es, dass ausgerechnet Usmân eine verbotene Bida einführte? Ich meine Usmân, der einzige Sahâba, der nach dem Tod von Rukaya noch eine zweite Tochter des Propheten (s) heiraten durfte. Usmân, der dritte rechtgeleitete Kalif Usmân, dem zu Lebzeiten das Paradies versprochen wurde! Der soll eine Bida eingeführt haben und das auch noch ohne Protest der anderen Sahâbas? Das ist unmöglich! Nach unserem Verständnis ist es keine. Es wäre eine, wenn er statt des Azân eine Sirene erfunden hätte. Unter Usmân hatte sich die Einwohnerzahl Medinas so stark vergrößert, dass die Menschen es nach dem einen Azân nicht mehr pünktlich zum Dschuma schafften. Also stand der Kalif vor der Wahl: Entweder er trägt Verantwortung dafür, dass viele Gläubige das Pflichtgebet verpassen oder er findet auf der religiösen Grundlage eine praktische Lösung.“

Da mischt Amin sich ein: „Ich kann schon nachvollziehen, worauf Karim hinauswill. Wir dürfen auch nicht zu verbissen sein, stimmt's?"

Karim nickt: „Taha, stell dir mal vor, man würde so eine Angst bis zum Äußersten treiben. Am Ende fragen wir uns, ob wir im Gebet durch die Nase atmen dürfen. Hat das eigentlich der Prophet (s) gemacht?"

„Keine Ahnung", antwortet Taha.

„Siehst du, dann lassen wir das lieber. Doch dann fragen wir uns, ob wir durch den Mund atmen dürfen. Das wissen wir auch nicht genau. Lassen wir das dann auch lieber?" Endlich können die Jungs wieder lachen. Klar ist das Beispiel absurd. Aber diese Angst vor einer Bida führt bei einigen Muslimen wirklich dazu, dass sie sogar während des Gottesdienstes nur mit der Frage Bida oder nicht beschäftigt sind.

Dann sagt Malik wieder ernst: „Vielleicht hat diese fast krankhafte Vorsicht dazu geführt, dass Sebastian sich so schnell radikalisierte. Aus Angst davor, irgendwas nicht richtig zu machen, schließt man sich denen an, die am strengsten sind. Allerdings häufig nur bei so nebensächlichen Dingen. Dabei missachten die Typen oft viel größere Dinge."

Taha kann sich das nicht konkret vorstellen. „Andere Muslime mit ihren Meinungen aus dem Islam zu werfen, zu lästern, verantwortlich für die Spaltung der Muslime sein. All das haben die 73er gestern Abend getan, ohne dass einer was gesagt hat. Dass dies – im Gegensatz zu einer Gebetskette – klare Sünden sind, da sind sich alle Gelehrten einig!"

Auch wenn der Streit geklärt ist, direkt mit dem Fall weitermachen können sie nicht. Sie brauchen ein bisschen Ruhe, um Kraft zu tanken. Während sie früher ab und zu mal in einem großen Kaufhaus Playstation gespielt haben, besuchen sie jetzt ein XXL-Möbelgeschäft.

Dort angekommen gehen sie zur Abteilung mit Sesseln, wo Malik einen Mitarbeiter kennt. Der hat nichts dagegen, dass sie sich die fünf bequemsten Massagesessel 15 Minuten zum Probeliegen und Relaxen aussuchen. Sie fahren die Lehnen herunter und lassen sich durchkneten. Das ist genau das Richtige nach der ganzen Aufregung.

Taha denkt sich: Wenn ich jemals das Paradies betrete, wünsche ich mir so eine Liege. Für Amin ist das fast so gut wie die Massagen vom Physiotherapeuten der Nationalmannschaft. Ilıcan fängt an zu schnarchen. Der Einzige, der das hier nicht komplett als Wohltat empfindet, ist Malik. Wenn die Massagerolle über seinen Rücken fährt, wölbt sich sein Oberkörper nach oben und es fühlt sich so an, als ob seine Wirbelsäule gleich brechen würde. Deshalb schaltet Malik die Massage wieder aus. Dafür setzt er die Kopfhörer auf und hört Ilahis. Das ist die Ruhe, bevor sie wieder gemeinsam losstürmen.

Nach 15 Minuten greift Malik noch einmal das Thema auf, was sie gegen das Unrecht in vielen muslimischen Ländern tun können. Er legt die Kopfhörer ab und spricht die anderen an: „Leute, ich ärgere mich. Es kann nicht sein, dass in den Ländern unserer Eltern und Großeltern die Bürger kein Wort gegen die Diktatoren sagen dürfen, dass Medien die Machthaber ausschließlich verherrlichen und die Menschen unterdrückt werden. Da kann ich schon

Leute verstehen, die was dagegen unternehmen möchten."

Ilıcan hätte am liebsten noch ein wenig geschlummert. Mit geschlossenen Augen hört er Karim sagen: „Ja, aber die Frage ist: Was und wofür? Es geht nicht, dass man sich deshalb einer extremen Gruppe anschließt, die unseren Glauben missbraucht und am Ende alles noch schlimmer macht."

Malik: „Das ist mir auch klar."

„Was hast du vor, Malik?", möchte Ilıcan wissen.

„Ich möchte auf jeden Fall einen Artikel in der Schülerzeitung über die Konflikte schreiben. Die Leute sollen erfahren, was in Syrien und anderen Ländern geschieht. Ich glaube, dass erst der Diktator und seine brutale Unterdrückung der Bevölkerung dazu führt, dass das sogenannte ‚Heilige Kalifat' entstand. Jetzt ist das Land zwischen den beiden geteilt und niemand weiß, wo es schlimmer ist."

Taha: „Vielleicht können wir als T.A.K.I.M. auch was unternehmen?"

Ilıcan: „Warum nicht? Ich finde die Idee gut."

Amin fährt seine Lehne hoch: „Waaas? Warum guckt ihr mich so an? Ist ja wohl klar, dass ich auch dabei bin! Wie geht's weiter?"

Malik: „Ich könnte mir vorstellen, dass es gar nicht so schlecht wäre, wenn wir mal mit einem Politiker sprechen. Aber jetzt sollten wir unsere Team-Schura machen. Inschallah kommt der Segen wieder."

Sie halten die Team-Schura zum ersten Mal in einem Möbelhaus auf Liegen ab. „Ya Allah, du bist derjenige, der unsere Herzen vereint hat. Nun lass uns wieder mit ganzer Kraft versuchen, Sebastian zu finden!"

„Âmîn “, sprechen die anderen. Taha fleht noch: „Ya Rabb!“

„Und Sebastian davor bewahren, noch mehr Mist zu bauen.“ Karim gibt Malik ein Zeichen, ob er ergänzen darf: „Und Sebastian zeigen, dass der Islam ein ausgewogener Weg und kein extremer ist.“

Dann planen sie das weitere Vorgehen. Taha glaubt: „Die einzigen, die wissen könnten, was Sebastian jetzt vorhat und wo er steckt, sind die 73er. Wir müssen da dranbleiben.“

Das macht Ilıcan Sorgen: „Dann müssen wir Karim aus der Schusslinie nehmen.“ Wenn der Vorschlag vor fünf Stunden von Taha gekommen wäre, hätte Karim hundertprozentig protestiert. Jetzt sieht er es ein. Von diesem Punkt aus muss Taha alleine weiter.

DAS KALIFAT IN DER FUSSGÄNGERZONE

„Leute, die Tage sind im Flug verstrichen!“, erkennt Amin: „Wir haben nur noch ein paar Stunden. Vielleicht 62, ein paar mehr, vielleicht aber auch ein paar weniger, dann verlässt Sebastian das Land!“ Ab jetzt werden die Stunden runtergezählt, nicht mehr die Tage. Ob T.A.K.I.M. es schafft, Sebastian noch vor dem Abflug zu kriegen, wird sich bald zeigen. Als erstes muss Taha mit den 73ern telefonieren.

Schnell schafft er es, Al-Tripy davon zu überzeugen, dass er es ernst meint: „Scheich Al-Tripy, wie geht es dir? Was macht dein Hals?“ Aus Scham unterlässt es Al-Tripy davon zu erzählen, dass er drei Tage lang Durchfall hatte und sich nur noch von Bananen ernährte. Jetzt macht er schon wieder den Harten: „Alles gut. War gar nicht so schlimm“.

Taha bittet um Entschuldigung: „Ich wusste nicht, dass Vijay so anti ist. Bei mir tat er immer so, als ob er sich ehrlich interessieren würde.“ Am Ende des Gesprächs fragt Taha, wann sie sich denn mal wieder treffen können. „Wenn du spontan Lust hast: Wir machen morgen früh einen Infotisch in der Fußgängerzone. Inschallah treten da ein paar Kuffâr zum Islam über. Kannst uns gerne unterstützen!“ Das passt.

Eine Weile diskutiert Taha mit den anderen Detektiven von T.A.K.I.M., was sie tun können, um Taha im Notfall schnell zu helfen. Ihre Lösung: Ilıcan und Amin müssen sich in Sichtweite aufhalten.

Als Taha am nächsten Tag, keine 48 Stunden vor Sebastians Abreise, an der verabredeten Stelle auf dem Marktplatz um 8:30 Uhr eintrifft, erkennt er Al-Tripy schon von weitem an seinem gelben Turban. Er versucht mit Dawud gerade vergeblich einen Tapetentisch aufzustellen. Taha nähert sich von hinten und kniet sich zu den Beiden. Seine Umhängetasche rutscht nach vorne. Sie stört, wenn er mit anpacken will, deshalb zieht er sie auf den Rücken. Dabei begrüßt er die beiden: „Salâm alaykum, darf ich mal“, er zieht den Hebel. Die Beine sind entriegelt. „Ach so geht das, alaykum salâm. Danke Nwankwo“, sagt Al-Tripy erleichtert.

Kurz danach kommen noch zwei andere Mitglieder der 73er. Zu fünft stellen sie zwei Klappstühle hinter und einen Sonnenschirm rechts vom Stand auf, rollen einen dünnen grünen Teppich aus und spannen ein schwarzes Banner mit weißer Aufschrift „Nur hier: der echte Islam“ hinter dem Tisch auf.

Taha kriegt nebenbei mit, wie Dawud an Al-Tripys schwarzer Dschalabiya zupft und ihn zur Seite zieht. Dawud scheint ihm gegenüber misstrauisch zu sein. Das kriegt Taha auch mit, ohne dass er hört, wie Dawud warnt: „Abu Halal, ich sage dir, mit dem Jungen stimmt etwas nicht. Genauso wie mit seinem Freund, diesem Vijay.“

Abu Halal Al-Tripy beruhigt: „Dawud, du siehst Gespenster!“

Dawud blickt über die Schulter unauffällig zu Taha, der gerade eine runde Platte auf den Beinen eines Stehtischs befestigt: „Der soll erst vor zwei Wochen zum Islam übergetreten sein und jetzt schon so fest im Glauben? Niemals!"

Dawud macht eine hässliche Grimasse in Richtung Taha, der mit dem Rücken zu ihm steht.

„Ahi, schon zur Zeit des Propheten (s) gab es Sahâba, die zwei Wochen nach ihrem Übertritt Märtyrer wurden. Du wirst sehen", versichert ihm Al-Tripy.

Auf den Tisch kommen Bücher über die größten Sünden und Strafen, über verirrte Gruppen und vier Werke über das sittsame Verhalten von Frauen. Während Taha eines dieser Bücher in der Hand hält und sich wundert, wen sie mit diesem Buch ansprechen wollen, stellt sich Al-Tripy zu ihm: „Ja, das ist super." Dann reicht er Taha zwei Stapel Faltblätter mit den Überschriften „Der Teufel in dir" und „Der Islam braucht keine Erneuerungen". Taha soll sie auf den Stehtisch legen.

Keine 50 Meter hinter dem Infotisch befindet sich ein Kaufhaus. Ilıcan und Amin haben es zehn Minuten vor Tahas Ankunft betreten. Auch hier gibt es zur großen Freude Amins Massagesessel. Ilıcan musste Amin ewig überreden, sich nicht hinzulegen. Nun sitzen sie vier Etagen höher im Dachterrassenrestaurant. Von hier oben haben sie einen guten Blick auf den Infostand. Wenn es brenzlig wird, können sie eingreifen.

Sie sehen, wie die ersten Passanten auf den Stand reagieren. Wahrscheinlich sehen die meisten den Stand als Hindernis auf den Weg zur Arbeit, zum Einkauf oder zur Straßenbahn. Ob sie von

Tier- oder Umweltschützern, Zeugen Jehovas oder den 73ern angesprochen werden, spielt keine Rolle – sie möchten nicht aufgehalten werden. Nur ein paar Alte bleiben kurz stehen, schütteln den Kopf und gehen weiter.

Amin langweilt sich: „Ilıcan, kann ich nicht doch zu den Massagesesseln? Nur für ne Viertelstunde? Wenn etwas passiert, musst du ja eh da vorbei und nimmst mich einfach mit."

Ilıcan lässt sich breitschlagen: „Okay, aber in einer Viertelstunde kommst du wieder!"

Eine Weile geschieht unten nichts Aufregendes, bis sich zwei junge Mädchen mit langen, gelockten schwarzen Haaren länger am Stand aufhalten. Kurz sprechen sie nur mit einem 73er, dann werden sie umzingelt von fünf weiteren. Als ob sie Beute wären! Ilıcan kann von oben nicht jedes Detail erkennen, aber eins ist klar: Die 73er reden auf die Mädels ein – sie selbst kommen kaum zu Wort. Soll er runtergehen und Amin holen? Aber dann gehen die Mädchen schon wieder und es geschieht wieder nichts.

Amin kommt zum richtigen Zeitpunkt wieder zurück auf die Dachterrasse. Denn kaum hat er sich gesetzt, sehen sie, wie ein Mann wild gestikulierend mit Taha und Dawud spricht. Er holt hektisch eine Zeitung aus einer Aktentasche, breitet sie auf den Stehtisch aus und drückt immer wieder seinen Zeigefinger auf eine Seite. Als wolle er etwas beweisen. Der Mann sieht so aufgebracht aus, dass Amin sich ans Geländer stellt, um die Szene besser zu beobachten.

Nachdem Taha etwas zu dem Mann sagt, spuckt dieser plötzlich vor Tahas Füße. In der Annahme, dass da unten gleich eine Schlägerei losgeht,

sprintet Amin zur Rolltreppe, springt fünf Stufen auf einmal herunter, nimmt auf die gleiche Art die nächsten Rolltreppen bis zum Erdgeschoß, wo er im Nullkommanichts am Ausgang ist.

Ilıcan ging das alles viel zu schnell, was aber auch nicht schlecht ist. So hat er von oben gesehen, dass Taha auch ohne ihre Hilfe die Situation geregelt hat. Ilıcan ruft von oben: „Amin!“ Der dreht sich um, sieht seinen Freund, der ihn hochwinkt. Amin versteht. Er blickt zum Infotisch, wo zwei Polizeibeamte sich die Aussagen von allen Beteiligten anhören. Beruhigt kehrt er zu Ilıcan zurück.

Die 73er haben von Amin und Ilıcan nichts mitbekommen. Kein Wunder bei dem Tumult am Stand. Von oben sehen die zwei Detektive, wie Al-Tripy noch eine ganze Weile Taha etwas erzählt. Al-Tripy hält Taha bestimmt viermal die Ghettofaust zum Abschlagen hin. „Ilıcan, erinnere mich daran, dass wir Taha fragen, was dieser Typ von ihm wollte.“

Um kurz nach vier geht erst Ilıcan beten. Er schaut sich auf einer App die Kibla an. Darauf geht er in die Herrenabteilung, wo er auf die Umkleidekabinen zusteuert. Es ist zwar ein bisschen eng, aber es sollte reichen. Hier kann er beten. Während Ilıcan im Sudschûd Allah preist, läuft gerade eine Person an ihm vorbei. Schon seltsam die Perspektive.

Den Trick mit der Umkleidekabine haben die Jungs von Maliks Schwester. Gerade wenn es draußen regnet, sind die Umkleidekabinen perfekt. So stören sie niemanden und niemand stört sie. Die Umkleidekabinen nutzen sie aber nur in Ausnahmefällen. Ansonsten beten sie, wenn sie unterwegs sind, entweder in einer Moschee, im Park oder auch mal auf dem Oberdeck eines leeren Parkhauses.

Am Abend treffen sich die fünf Detektive wieder bei Malik zu Hause im Keller. Sie futtern die restlichen Kürbiskerne aus Berlin. Die anderen brennen schon darauf zu erfahren, was sich am Stand ereignet hat. Ob Taha mehr herausbekommen hat? Ilıcan: „Taha, erzähl, was war da mit dem Typen und der Polizei los!"

„Als Terroristen hat er uns beschimpft. Eure Religion bringt nur Gewalt und solchen Unsinn. Als Beweis zeigte er uns einen Zeitungsartikel über den Anschlag auf den Soldaten. Er meinte, dass der Islam nur Gewalt sei. Darauf habe ich ihn provoziert, um die anderen 73er, allen voran Dawud, von mir zu überzeugen: Wer hat denn die Kreuzzüge gemacht? Wir oder ihr? Wer hat Hexen verbrannt? Wir oder ihr? Wer hat denn zwei Weltkriege angefangen? Wir oder ihr?" In Wirklichkeit denkt Taha gar nicht so: Wir Muslime und ihr Deutschen. Denn er persönlich verbindet ja beides.

„Darauf hat der Mann dir vor die Füße gespuckt?", möchte Ilıcan wissen.

„Ja, um zu verhindern, dass die 73er ihn verprügeln, bin ich schnell zu zwei Polizisten, die kurz davor an unserem Stand vorbeiliefen. Die haben den Wüterich mitgenommen."

„Und was haben die 73er gesagt?", fragt Malik.

„Die haben mir auf die Schulter geklopft. ‚Wie clever, der Kleine, subhanallah', meinte Abu Halal Al-Tripy. Und Dawud höhnte: ‚Ausgerechnet die Polizei hilft uns!' Mit der Aktion war das Eis zwischen uns gebrochen.'"

Dann hat Taha noch eine wichtige Info für seine Kumpels: „Da die 73er mir ab da vertrauten, prahlte Abu Halal Al-Tripy, dass der Attentäter von Heidelberg einer von ihnen sei!" Okay, das hat T.A.K.I.M. auch nicht anders erwartet, aber so war das ein Geständnis. Malik, der unentwegt die Kürbiskerne verschlingt, lässt kurz mal von ihnen ab: „Nannte er Sebastians Namen?"

„Nein und ich habe auch nicht nachgefragt. Das wäre zu auffällig gewesen. Aber Al-Tripy verriet mir, was der Attentäter jetzt vorhat."

Amin: „Das erzählst du jetzt erst? Raus mit der Sprache!"

„Er schwärmte, dass der Bruder auf dem direkten Weg ins Paradies sei. Der Überfall war seine letzte Prüfung. Übermorgen schon sei er auf dem Weg in die türkische Stadt Mardin und von dort nach Syrien, wo der Märtyrertod auf ihn warte!"

ABFANGEN ODER ABFLUG?

Immerhin wissen sie jetzt, wo Sebastians Apokalypse enden soll: In Syrien. Und wie er da hinkommt. Nämlich über die Türkei. Genau das Land, in das sie selbst zwei Tage später reisen wollten. Nun müssen sie alle Hebel in Gang setzen, um zu verhindern, dass Sebastian wegwirft, was er von seinem traurigen Leben noch hat.

Deshalb wollen sie mit Tina am nächsten Tag noch einmal die Polizei verständigen. Vor dem Anruf beraten sie, was sie alles erzählen werden. Nach dem letzten Telefonat wird es nicht einfach sein, die Polizei zu überzeugen.

Tina ruft an: „Ich befürchte, mein Bruder wird morgen in die Türkei fliegen, um von dort über die Grenze nach Syrien zu gehen. Er will sich dem Heiligen Kalifat anschließen. Ich bitte Sie, Sie müssen ihn stoppen!"

Der Polizeibeamte: „Oho, wie kommen Sie darauf?" Tina erzählt davon, wie ihr Bruder sich radikalisierte, von dem Anruf der Reisebüromitarbeiterin und schließlich: „Er hat da so einen schlimmen Livestream mit lauter Drohungen auf Instagram aufgenommen." Dass sie schon einmal vergeblich bei der Polizei anrief, verschweigt sie.

Der Polizeibeamte wird hellhörig: „Kann ich mir den Stream mal ansehen? Wo finde ich das?“ Tina nennt ihm den Account. Nachdem er sich das Profil und die Beiträge anschaut, stellt er fest: „Da ist kein Video!“

Tina ist geschockt: „Das kann nicht sein!“ Jetzt sucht sie selbst mit dem Handy. Tatsächlich! Sebastian hat das Video gelöscht! Trotzdem bietet der Polizeibeamte an: „Was ich machen kann, ist ihren Bruder morgen zur Fahndung auszuschreiben. Wir werden hier in Mannheim und Heidelberg nach ihm suchen.“

Tina: „Nur in Mannheim und Heidelberg? Das reicht nicht! Können sie nicht die nächsten Flughäfen sichern?“ Das sei unmöglich, antwortet der Mann. Es bleibt unklar, warum der Polizeibeamte sich nicht dazu bewegen lässt. Ist es, weil er die Gefahr nicht sieht, der Aufwand zu groß wäre oder er sich insgeheim denkt: Soll Sebastian doch ruhig nach Syrien, dann haben wir hier einen weniger von der Sorte. Wieder einmal ist T.A.K.I.M. auf sich allein gestellt.

Stratege Taha übernimmt das Kommando: „Weil wir nicht wissen, wo er sich heute Nacht aufhalten wird, müssen wir ihn morgen am Flughafen schnappen. Ilıcan kannst du mal checken, von welchen Flughäfen im Umkreis von 200 Kilometern morgen Flüge in die Türkei gehen?“

„Klar, wird gemacht.“ Schwer zu sagen, wer schneller ist: Ilıcan mit der Recherche oder Malik, der zeitgleich fast fünf Kürbiskerne aufspaltet. Mr. Smartphone berichtet, dass nur die Flughäfen in Frankfurt und Stuttgart infrage kämen. In Stuttgart startet eine Maschine um 12:03 Uhr, in Frankfurt um 12:48 Uhr.“

Taha schaut auf die Uhr, es ist 23:00 Uhr: „Mit anderen Worten: In 13, maximal 14 Stunden müssen wir Sebastian haben. Ansonsten heißt es: Game Over! Ich schlage vor, dass wir uns morgen aufteilen: Drei von uns gehen nach Stuttgart, die anderen Zwei nach Frankfurt."

Malik greift zum Handy: „Vorher muss ich auf jeden Fall mit Tina und ihrer Mutter sprechen. Die sollten wissen, was Sache ist. Wäre auch gut, wenn sie dabei wären. Wahrscheinlich können sie ihn besser aufhalten als wir." Er ruft die beiden an und gibt einen längeren Lagebericht ab. Mutter und Tochter teilen die große Sorge um Sebastian. Werden sie ihn je wieder sehen? Auf der anderen Seite erkennen sie, dass es nach Tagen der Ungewissheit endlich mal wieder eine konkrete Chance gibt.

Leider ist Tinas Mutter morgen alleine im Dentallabor. Um die Uhrzeit kann sie ihre Chefin nicht mehr anrufen um abzusagen: „Soll ich mit zum Flughafen?", fragt die Mutter.

„Mama, ich weiß nicht. Gestern hast du erzählt, was du im Labor noch alles fertig machen musst!"

Die Mutter ist hin- und hergerissen, bis sie schweren Herzens entscheidet: „Ich glaube, ich muss zur Arbeit." Dann gibt sie Malik noch einmal etwas mit auf den Weg: „Egal, wie das Ganze ausgeht, was ihr in den letzten Tagen alles für uns getan habt, werde ich euch nie vergessen. Ich sehe jetzt manche Dinge anders. Danke!" Malik wird verlegen. Was soll man denn darauf sagen? Ein Glück, dass Tina fragt, wann sie wo sein soll. „Ich schreibe dir nachher ne Message", antwortet Malik.

Erst einmal müssen die Detektive den ganzen Plan in Ruhe durchgehen. Zwei Stunden vor Abflug machen die Check-In-Schalter auf. „Theoretisch könnte Sebastian gleich danach durch die Sicherheitsschleuse“, weiß Taha.

Ilıcan: „Dann müsste Team Stuttgart spätestens um 10:00 Uhr am Schalter sein. Heißt um 8:00 Uhr das Haus verlassen! Die Frankfurter brechen anderthalb Stunden später auf.“ Da macht Taha den anderen bewusst, was das bedeutet: „Leute, eines unserer beiden Teams erhält morgen die Chance. Vielleicht nur ganz kurz, denn wer weiß, wie lange die Schlange beim Check-In sein wird. Genau da müssen wir zuschnappen.“

Amin schaut auf die Uhr: „Was, es ist ja schon Mitternacht!“ Viel Schlaf bleibt ihnen nicht. Doch wer von den Detektiven denkt schon an Schlaf? Dafür sind sie viel zu aufgekratzt.

Sebastian versucht gar nicht erst sich hinzulegen. Er sitzt alleine in der Wohnung eines anderen 73er. Seit dem Überfall auf den Soldaten hat er die Wohnung nicht verlassen. Sebastian schaut auf eine Checkliste, die ihm Scheich Al-Tripy gesendet hat. Das alles sollte er seit letzter Woche abarbeiten.

Er lernt ein paar Standardsätze auswendig für den Fall, dass ihn kurz vor der Abreise die Polizei befragen sollte. Okay, die kann er. Nächster Punkt Gepäck: Ein Rucksack reicht, Kopfbedeckung gegen die Sonne, Hüfttasche einpacken. Dazu soll er sich den Bart rasieren. Zwar hat er sich in den letzten Monaten immer mehr daran gewöhnt, keine Fragen zu stellen, aber das ist vielleicht ein Tippfehler. Vorher hieß es doch immer: Ahi, lass deinen Bart wachsen! Um sicher zu gehen, macht er einen Anruf im Darknet beim Scheich. „Ahi Al-Almani, bist du bereit für deine große Reise?“, fragt Al-Tripy.

„Ja, weiß nicht, glaube schon“, sagt Sebastian mit zittriger Stimme.

„Was heißt hier, weiß nicht. Zweifel sind haram. Natürlich bist du bereit!“, bestimmt Al-Tripy für ihn.

„Scheich, ich habe noch eine Frage zu der Liste“, gibt Sebastian vorsichtig von sich.

„Bitte!“

„Da steht, ich soll meinen Bart abrasieren. Stimmt das?“

„Ja, Ahi. Das machen die Schuhadâ, um bei der Ausreise nicht aufzufallen. Nichts wäre schlimmer, als wenn du an der Grenze gecatcht wirst“, erklärt Al-Tripy, der Sebastian das Gefühl gibt, Retter des Islams zu sein. Sebastian versteht. Dann verabschieden sie sich.

Am nächsten Morgen brechen zuerst Karim, Malik und Amin auf. Mit dem Zug geht es nach Stuttgart. 90 Minuten später holen Ilıcan und Taha zunächst Tina ab und fahren dann zum Flughafen Frankfurt. Nachdem sich beide Teams in der Nähe ihres Check-In-Schalters einen unauffälligen Platz suchen, beobachten sie das Geschehen und warten. Und warten. Und warten. Gegen 11:30 Uhr macht der Check-In-Schalter in Stuttgart dicht. Amin ruft bei Taha an: „Fehlanzeige! Hier war er nicht.“

„Seid ihr euch ganz sicher? Habt ihr die Leute beim Check-In nach seinem Namen gefragt?“

„Ja. Wir haben sogar sein Foto gezeigt. Aber so einer kam nicht vorbei.“

Wenn Stuttgart wegfällt, dann bleibt nur Frankfurt. In 45 Minuten schließt hier der Check-In-Schalter und damit die womöglich letzte Chance, Sebastian zu schnappen.

Hinter Tina, Taha und Ilıcan verkauft ein Bäcker viel zu teure Brötchen und Teilchen. Wenigstens riecht es angenehm. Sie machen aus, wer in welche Richtung schaut. So werden sie ihn hoffentlich nicht verpassen. Aber Tina und Taha halten das kaum durch. Immer wieder überfliegt ihr Blick die gesamte Halle. „Krass, übermorgen sind wir schon wieder hier, wenn wir in den Urlaub fliegen", sagt Taha zu Ilıcan. Der ist mit dem Kopf allerdings ganz woanders.

Überall die vielen verschiedenen Stimmen. Leute, die etwas kaufen, einchecken, einfach nur quatschen, sich verabschieden oder endlich wiedersehen. Tina und die Detektive nehmen das nur als Hintergrundkulisse wahr. Anders als die Ansagen aus den Lautsprechern. Tina fährt jedes Mal zusammen, wenn es heißt: „Bitte lassen Sie ihr Gepäck nicht unbeaufsichtigt."

Ilıcan geht noch einmal zum Schalter: „Entschuldigen Sie, können Sie mir sagen, wann der Schalter schließt?"

„In zehn Minuten", meint die Frau. Tina hofft ein bisschen, dass Sebastian nicht mehr auftaucht. Es könnte bedeuten, dass ihr Bruder doch nicht nach Syrien ausreist. Daran glauben Taha und Ilıcan nicht. Sie befürchten eher, dass Sebastian von wo anders ausreist, sollte er jetzt nicht kommen.

Wieder vergehen ein paar Minuten. Aus dem nichts hastet jemand schnell zum Schalter. Er trägt ein Baseball-Cap, das tief ins Gesicht gezogen ist. Seit Ewigkeiten hat Tina ihn nicht ohne Bart gesehen und trotzdem weiß sie sofort: „Das ist Sebastian!"

Sie stürmt direkt auf ihn zu, Taha und Ilıcan hinterher. Mitten im Satz unterbricht sie die Mitarbeiterin, die Sebastian gerade bittet, seinen Koffer auf die Waage neben ihr zu legen: „Sebastian, tu‘ das nicht! Bleib hier!“

Damit hat Sebastian nicht gerechnet: „Was willst du von mir?“ Die Mitarbeiterin fragt sich, ob das schon wieder so ein Beziehungsdrama wird: „Entschuldigen Sie, verreisen Sie nun?“

„Ja, tu ich!“ Vor lauter Aufregung fällt Sebastian nicht auf, dass hinter seiner Schwester zwei junge Typen stehen. Taha und Ilıcan. Tina mischt sich wieder ein: „Basti“, dieses Mal fährt Sebastian ihr über den Mund: „Ich FLIEGE! Punkt.“

„Dann bitte ihren Koffer, Herr Siehler.“

„Ich fahre nur mit Handgepäck.“ Genau im dem Augenblick hören sie aus den Lautsprechern: „Lassen Sie ihr Gepäck nicht unbeaufsichtigt.“ Weil sie nach dem Überfall auf den Soldaten sowieso schon das Schlimmste befürchtet, schießen Tina die schrecklichsten Gedanken durch den Kopf: Sebastian wird doch nicht seinen Koffer mit Sprengstoff

hier im Flughafen deponiert haben, unzählige Opfer hinterlassen und sich selbst im Flieger davon machen! „Sebastian, wo ist dein Koffer?" Nun schaut auch die Mitarbeiterin argwöhnisch. Sie drückt eine Notruftaste unter ihrem Tisch.

„Ich habe keinen Koffer", Sebastian hebt unschuldig seine Hände. Taha und Ilıcan schauen sich um, kein Koffer zu sehen. Jetzt müssen sie schnell handeln. Sonst steht das Leben unzähliger Menschen auf dem Spiel. Sie teilen sich auf, um weitere Teile des Flughafens abzusuchen. Das ist jetzt wichtiger als bei Tina und Sebastian zu bleiben.

Unsicher schnürt die Mitarbeiterin eine dünne Plastikschnalle mit der Aufschrift „Handgepäck" an den Rucksack. Sie lässt sich extra viel Zeit. Jeden Augenblick müssten Polizeibeamte auftauchen. Bloß nichts anmerken lassen, denkt sie. Währenddessen redet Tina weiter auf ihren Bruder ein. Er steckt seinen Pass in die Hüfttasche. Gerade dreht er sich von der Mitarbeiterin weg, da stürmen zwei Polizisten mit ausgebreiteten Armen auf den Schalter zu: „Halt! Was ist hier los?"

Die Mitarbeiterin äußert ihren Verdacht. Sie schaut Tina in die Augen, weil sie erwartet, dass diese es bestätigt. Tina nickt, allerdings mit schlechtem Gewissen. Mehr bringt sie nicht raus. Sie erzählt nicht, wie radikal er ist, dass er per Livestream ganz Deutschland drohte oder den Soldaten krankenhausreif prügelte. Wenn sie all das preisgeben würde, käme Sebastian für lange Zeit hinter Gittern. Das will sie ihm nicht antun.

Die beiden Polizisten bitten Sebastian mitzukommen. „Entschuldigen Sie, aber mein Flug geht gleich", empört sich Sebastian. Hätte Sebastian am

Vorabend nicht mehrmals genau diese Situation durchgespielt, würde er niemals so selbstsicher wirken.

„Wir haben nur ein paar Routinefragen. Wenn Sie die beantworten, kriegen Sie ihren Flug." Sie gehen, Tina bleibt zurück.

Sie wartet und bangt. Die Mitarbeiterin hat den Schalter mittlerweile verlassen, um das Boarding zu organisieren. Fünf Minuten, nachdem sie lossuchten, kehrt Taha zurück: „Ich habe nichts gefunden", berichtet Taha außer Atem.

„Wahrscheinlich kam er wirklich ohne Koffer", glaubt Tina.

Taha schaut sich um: „Wo ist Sebastian?" Da kommt auch Ilıcan völlig außer Puste an.

„Die Polizisten haben ihn mitgenommen", berichtet Tina. Die Jungs sind erleichtert. Doch mit jeder Minute verfliegt auch ein bisschen Hoffnung, dass Sebastian nicht abgehoben ist. Sie stehen an der dicken Glasscheibe, von der sie die Landebahn überschauen können. Im Minutentakt heben Flieger ab und landen. Als sie sehen, wie nach einem Dutzend Fliegern anderer Fluggesellschaften ein Flugzeug der Turkish Airlines abhebt, klatscht Tina ihre Hände an die Scheibe. Sie bibbert: „Ob er da drin ist?" Wie schwer diese Unwissenheit auszuhalten ist! „Inschallah nicht", Ilıcan versucht sie zu beruhigen.

„Aber dann müsste er doch längst wieder hier sein", zweifelt Tina.

„Es kann sein, dass sie ihn gleich mit auf eine richtige Wache genommen haben", spekuliert der Große.

Tina muss aus Verzweiflung lachen: „Wie absurd! Wer freut sich schon, wenn der eigene Bruder festgenommen wird? Aber so könnte er wenigstens nicht wieder verschwinden oder Mist bauen." Da kommt die Mitarbeiterin vom Schalter zurück. Tina eilt auf sie zu: „Und, wo ist der junge Mann?"

Die niederschmetternde Antwort: „Der steigt gerade im Flieger in eine Höhe von 10.000 Meter." Tina wird schwindlig. Ilıcan hilft ihr sich auf die nächste Bank zu setzen, während Taha sich noch einmal bei der Mitarbeiterin erkundigt: „Was kam denn bei der Befragung der Polizisten raus?"

„Nichts. Er hat alles korrekt beantwortet, die Standardprüfungen in solchen Fällen haben nichts ergeben. Er verhielt sich völlig unauffällig. Also durfte er gehen. Ich habe, kurz bevor ich das Boarding beenden wollte, einen Anruf der Polizisten bekommen, dass der letzte Passagier gleich eintrifft."

AUFGEBEN IST KEINE LÖSUNG

Tina macht sich schreckliche Vorwürfe. Hätte sie den Polizisten doch alles offenbaren müssen? Sie ruft Malik an und berichtet ihm. „Nimm dir das nicht zu Herzen! Du bist nicht schuld!", und dann blickt er nach vorne: „Komm heute Nachmittag zu uns, wir haben noch was zu besprechen."

Um 16:00 Uhr treffen sich alle bei Malik. Sie sitzen im Wohnzimmer. Es ist das erste Mal, dass T.A.K.I.M. die Anwesenheit einer Fremden bei ihrer Team-Schura zulässt. Tina beobachtet das Ganze. Schnell wird klar, dass T.A.K.I.M. nicht aufgeben wird. Das tut ihr gut.

Die Detektive wissen, was jetzt auf sie zukommt. Keiner spricht es aus. Nur Tina ist noch nicht im Bilde: „Was wollt ihr denn jetzt machen?" Die Jungs antworten nicht, Malik blickt einfach nur auf das Bild mit dem Bosporus über ihr und grinst.

„Nicht euer Ernst! Ihr wollt in der Türkei nach meinem Bruder suchen?"

Amin: „Du sagst es."

Taha: „Wir fliegen doch eh übermorgen rüber."

Malik: „Ich habe viele Kontakte drüben."

Ilıcan: „Wir machen inschallah unseren Urlaub einfach, nachdem wir Sebastian gefunden haben."

Karim: „Solange es noch eine Chance gibt Sebastian zu retten, gibt T.A.K.I.M. nicht auf."

Doch bevor es losgeht, haben sie einiges zu planen, vorzubereiten und zu erledigen. Mit Kadir Hodscha haben sie vor einer Weile ein Gespräch vereinbart, das wollen sie nicht absagen. Ursprünglich wollten sie nur fragen, was junge Muslime in Deutschland gegen das Unrecht in Ländern wie Syrien tun können. Jetzt möchten sie auch noch wissen, was sie Sebastian sagen könnten, falls sie ihn noch einmal sehen.

Der Hodscha lächelt müde, als er die Detektive begrüßt. Malik fällt das auf: „Kadir Hodscha, alles in Ordnung bei Ihnen?"

„Ja, ich bin nur ganz schön geschafft."

„Wenn sie wollen, können wir ein andermal sprechen. Dann können sie sich erstmal ausruhen", schlägt Malik vor.

„Nein, schon okay. Es ist nur so, dass es als Imam manchmal echt schwierig ist. Heute hatten wir in der Gemeinde erst eine Beerdigung. Anschließend kam ein junges Paar, um zu heiraten. Und abends besuchte ich einen Bruder im Krankenhaus. Der Mann saugt immer freiwillig die Moschee. Ach ja und zwischendurch erzählte mir noch unser Vorsitzender, dass ich wieder zu Spenden aufrufen soll, weil wir sonst nicht die Stromrechnung bezahlen können."

Malik versteht: „Was für eine Achterbahnfahrt der Gefühle."

„Ja, genau. Und ich will für die Geschwister nicht einfach nur ein paar Floskeln aufsagen. Ich will von Herzen zu ihnen sprechen. Aber gut, was treibt euch zu mir?"

Amin startet mit der ersten Frage: „Hodscha, es gibt doch so einen Hadith, dass man schlechte Dinge mit der Hand oder dem Herzen ändern soll?"

Kadir Hodscha überlegt kurz, dann hat er es: „Ah, du meinst dieses: ‚Wer von euch ein Unrecht sieht, der soll es mit seiner Hand ändern, wenn er es nicht kann, dann mit seiner Zunge und wenn er das nicht kann, mit seinem Herzen verurteilen und das ist die schwächste Stufe des Îmân.'"

Malik: „Was bedeutet das für uns, wenn wir sehen, welches Unrecht der syrischen Bevölkerung angetan wird? Wir können doch nicht hingehen und kämpfen, oder? Und wenn doch, für wen? Sicherlich nicht für die Terrormiliz ‚Heiliges Kalifat'?"

Kadir Hodscha: „Nein, das geht nicht. Durch diese Gruppen wird die Lage der Bevölkerung nicht besser. Noch am ehesten könnte man sich Hilfsorganisationen, wie den Weißhelmen, dem Roten Halbmond oder Ärzte ohne Grenzen anschließen. Die kämpfen nicht, aber versuchen im Kriegsgebiet, Opfer unter den Trümmern zu bergen, oder medizinisch zu versorgen. Aber selbst für sie stelle ich mir das schwierig vor. Ihr bräuchtet da schon in irgendeiner Form eine Ausbildung. Außerdem sind da hauptsächlich Syrer aktiv, die ihr Land kennen."

Karim erkennt an: „Dann ist es schwierig, etwas direkt dort drüben mit der Hand zu ändern?" Kadir Hodscha nickt. Zum Leidwesen von Amin, für den es immer am einfachsten ist, wirklich dazwischen zu gehen, jemanden festzuhalten, im Weg zu stehen oder zurückzudrängen.

Taha wird konkreter: „Würden sie einen Jugendlichen von hier abhalten, nach Syrien zu reisen?"

Wieder nickt der Hodscha: „Auf jeden Fall! Ich würde es versuchen."

„Würden Sie die Polizei einschalten?"

„Erstmal würde ich es selbst probieren. Wir Imame schaffen es oft noch, auf die Personen einzuwirken. Den Vorteil muss ich nutzen und darf mir das Vertrauen nicht verspielen. Leider sind einige schon so verblendet, dass ich sie nicht mehr erreiche. Wenn ich als Imam mit meinem Latein am Ende bin, dann muss die Polizei eingreifen."

Die Jungs erzählen, wie es sie beschäftigt, dass da Muslime sind, die scheinbar sehr viel praktizieren, aber gleichzeitig so unislamische Dinge tun. Kadir Hodscha erklärt ihnen: „So etwas gab es sogar zur Zeit des Propheten (s)." Die Jungs machen große Augen, denken sich, wie man den falschen Weg einschlagen kann, wenn man den Propheten (s) bei sich hat.

„Der Prophet (s) sagte so ungefähr über diese Leute: Wenn du siehst, wie sie Koran lesen, beten oder fasten, wirst du deine eigenen Gottesdienste für klein halten. Sie denken, dass der Koran ihr Verhalten stützen würde, aber in Wirklichkeit spricht er gegen sie." Taha hatte auch den Eindruck, dass die 73er von außen betrachtet ganz schön inbrünstig sind und viel beten: „Dann heißt das, dass der Prophet (s) früher schon wusste, dass Muslime im Glauben übertreiben können?"

„Korrekt", sagt Kadir Hodscha.

„Und hat er das verurteilt?", möchte Amin wissen.

„Natürlich. Er meinte, dass sie zwar von seiner Gemeinschaft kämen, aber die schlimmsten aller Geschöpfe sind", Kadir Hodscha betont es nochmal:

„Aller Geschöpfe! Sie verlassen den Glauben so schnell wie ein Pfeil durch sein Ziel schießt, sagte der Prophet (s). Ihr müsst euch mal vorstellen, diese schlimmsten aller Geschöpfe haben den Propheten (s) sogar angegriffen“, Kadir Hodscha schüttelt den Kopf, als könne er es nicht glauben.

Da ist selbst Karim verblüfft: „Wie das?“

Kadir Hodscha erzählt: „Unser Prophet Muhammad (s) verteilte einmal ein paar Waren. Da machte jemand ihn respektlos an, er solle doch gerecht sein und Allah fürchten!“ Das ist Amin zu viel: „Wer soll denn gerechter sein als der Prophet (s)?!“

Kadir Hodscha muss lachen: „Ja, genau das hat auch der Prophet (s) geantwortet.“

„Und konnte der Prophet (s) den Mann überzeugen?“, möchte Karim wissen.

„Nein. Der Mann drehte sich um und ging. Der Prophet (s) wusste, dass er ihn nicht überzeugen kann.“

Ilıcan erkennt die Parallelen: „Dann ist es so, wie bei manchen Jugendlichen heute.“

„Ja, deshalb meinte ich ja auch, dass es Leute gibt, die schon zu verblendet sind. Der Prophet (s) prophezeite, dass Muslime mit einer solchen Denkweise auch nach ihm erscheinen. Zum Beispiel am Ende der Zeit. Dann wird eine Gruppe von Menschen kommen, junge Leute mit dummen Träumen. Und ihre Ansprachen seien sehr blumig. Sie rufen zwar zum Buch Allahs, aber haben mit diesem nichts zu tun.“ Wieder erinnert sich Karim an das Treffen bei Al-Tripy. Wie geschwollen er seinen Vortrag hielt. Er sieht da einige Parallelen.

Ilıcan versteht nicht ganz: „Was bedeutet das: sie rufen zum Koran, aber haben nichts mit ihm zu tun?“

Karim glaubt: „Wahrscheinlich, dass sie nicht nach seinen Werten handeln, nicht gerecht sind, nicht barmherzig, nicht sanftmütig und so."

Kadir Hodscha gibt ihm recht: „In einem anderen Zitat heißt es, dass sie kommen, wenn die Menschen uneins sind. Und der Prophet (s) meinte, dass er sie bekämpfen würde, wenn er noch lebte."

Malik ist verblüfft: „Moment, Moment. Das hat unser Prophet (s) alles gesagt? Wie krass realistisch ist das denn! Nennt mir einen anderen Gründer einer Gemeinschaft, Überbringer einer Botschaft oder Lehrer, der gleichzeitig warnte: Übertreibt mal nicht in unserer Sache, das könnte gefährlich werden!" Selbst Karikon fällt keiner ein.

Ilıcan: „Gibt es denn gar kein Mittel, um die Leute zurückzugewinnen?"

„Am meisten hilft es, wenn Jugendliche mit einem ausgeglichenem Verständnis vom Islam aufwachsen. Das haben verschiedene Studien gezeigt. Jugendliche, die in Moscheen groß werden, schließen sich so gut wie nie solchen Terrorgruppen an." Dann verrät Kadir Hodscha ein Argument, das als letztes helfen könnte, bevor es zu spät ist. Das könnte auch bei Sebastian funktionieren. Taha zieht den linken Mundwinkel in die Mitte. Wer ihn kennt, weiß, jetzt heckt er einen Plan aus. Dann beenden sie das Gespräch mit dem Hodscha, der ihnen alles Gute wünscht.

Nach dem Treffen müssen einige Detektive noch ein paar persönliche Angelegenheiten regeln. Amin soll für seinen Ausbildungsstart zum Restaurator noch die Bewerbungsunterlagen abgeben. Das hatte er erst vor sich hingeschoben und dann vergessen. Fotos machen, Zeugnisse kopieren, Konto einrichten – die Zeit haben sie jetzt nicht mehr. Zum Glück ist Amin seit dem 2. Fall von T.A.K.I.M. mit seinem zukünftigen Ausbilder Herrn Hübner befreundet. Er telefoniert mit dem älteren Herrn, der Amins Situation versteht: „Die Bewerbung kannst du auch später noch einreichen. Wir brauchen sie nur aus formellen Gründen! Es ist wichtiger, dass ihr euch um diesen Jungen kümmert."

Sie müssen auch die Busreise von Trabzon nach Mardin planen. Das ist schnell gemacht. Es fährt ein Reisebus. Das sind zwar über neun Stunden Fahrt, aber sie haben keine andere Wahl. Maliks Verwandte werden sie in Trabzon persönlich überreden, ihnen die Weiterfahrt zu erlauben. Und Malik macht noch einen Termin mit einem Politiker, den er vor einem Jahr für die Schülerzeitung interviewt hat. Mit ihm will er über die Lage in Syrien sprechen.

Um Tahas Plan umzusetzen, müssen sie noch einmal Kontakt mit Tinas Mutter aufnehmen. Seit der Abreise geht es ihr Tag für Tag schlechter. Sie hat einfach keine Lust mehr. Auf nichts. Jeder Appetit ist ihr vergangen. Sie macht keinen Sport mehr und lässt sich vom Fernseher berieseln. Würde man sie fragen, was sie da eigentlich schaut, sie wüsste es nicht.

Ilıcan organsiert einen Videocall übers Internet mit Frau Siehler. „Ach, Malik. Das bringt nichts mehr. Reine Zeit- und Geldverschwendung."

„Frau Siehler, wir stecken den Kopf nicht in den Sand!", widerspricht Malik.

„Ich glaube, Sebastian ist schon längst tot", so Frau Siehler. Malik läuft es kalt den Rücken runter. Er hätte nicht gedacht, dass Tinas Mutter so am Ende ist: „Sagen Sie das nicht, Frau Siehler!" Obwohl sie nicht davon überzeugt ist, dass es noch was bringt, lässt sie sich überreden. Den Jungs zuliebe spricht sie die paar Sätze, die die Jungs von ihr aufnehmen möchten. Auch mit Al-Tripy muss Taha noch einmal Kontakt aufnehmen. Wie immer bei Al-Tripy läuft das übers Darknet. Tahas Plan baut genau auf diesen beiden Dingen auf. Was für ein Segen, dass Al-Tripy sich hinters Licht führen lässt.

REISE NACH TRABZON

Noch an diesem Freitag fliegen die fünf Detektive nach Trabzon. In einem fremden Land fahnden, wo keiner außer Malik die Sprache spricht und dann auch noch in einer so gefährlichen Mission – so richtig wohl fühlt sich keiner.

Für Malik ist schon der Flug nicht einfach: Neben der Enge der Kabine hat er auch noch Flugangst. Er spielt so hektisch mit der Gebetskette, dass es Karim auffällt. „Komm, lass uns Duâ machen", beruhigt er seinen Freund. Malik nickt. „Ya Allah, nimm uns alle Sorgen, gib, dass wir gesund und sicher in Istanbul landen", und dann spricht er das Reisegebet des Propheten (s): „Allah ist größer, Allah ist größer, Allah ist größer. Gepriesen sei derjenige, Der uns dieses Transportmittel dienstbar gemacht hat! Wir wären hierzu nicht imstande gewesen. Und wir werden ganz gewiss zu unserem Herrn zurückkehren." Zum Glück wird es ein Flug ohne Turbulenzen.

Über den Wolken sprechen sie über die weitere Reiseroute. Nach ihren Informationen müsste sich Sebastian in der osttürkischen Stadt Mardin aufhalten, wo er darauf wartet, zum richtigen Zeitpunkt über die Grenze nach Syrien zu kommen. Das hat Taha von den 73ern rausbekommen. Malik hat sich mit der Zeit an den Flug gewöhnt. Jetzt erzählt er, dass seine Eltern Kontakte in eine Stadt haben, die nicht weit von Mardin entfernt ist: „Ich kenne den Imam von Batman."

„Und ich den Scheich von Spiderman", scherzt Taha.

„Und ich den Rabb von allen Spinnen und Fledermäusen zusammen", meint Karim.

„Karim, dir glaube ich. Das ist auch mein Rabb", sagt Amin: „Aber ich wusste nicht, dass Batman und Spiderman einen Imam haben. Stimmt das?"

Malik lacht: „Batman ist eine Stadt in der Türkei. Dort fahren wir morgen hin. Der Imam ist schon informiert. Er kann uns bestimmt nach Mardin weitervermitteln", dann spricht er ernster: „Ich weiß nur nicht, wie ich das meinen Verwandten in Trabzon erkläre. Inschallah fällt uns etwas ein."

Nach vier Stunden landet ihr Flugzeug in Trabzon. Maliks Cousin holt sie vom Flughafen ab. Als Malik in Deutschland von seinem Cousin erzählte, hatte Amin das Bild von einem Gleichaltrigen im Kopf. Er hätte nicht gedacht, dass der Mann so alt ist wie seine Eltern. Gleich im Auto fragt der Cousin: „Was habt ihr die Tage hier vor?" Die Jungs gucken sich an, als wären sie ertappt worden. Sie denken: Oh nein, bitte, bitte, komm jetzt nicht auf die Idee, uns auf Schritt und Tritt zu begleiten. Malik berichtet von einer alten Moschee, die sehenswert ist und er erzählt – er hat keine Wahl – von der Fahrt nach Mardin, der Stadt an der Grenze zu Syrien.

„Ach, da wollte ich schon immer mal hin!", freut sich Maliks Cousin. In der Erwartung, dass Malik reagiert, schaut er ihn freudestrahlend an. Maliks Blick wandert von ihm zu Amin, der hinter dem

Cousin sitzt. Der hat genauso wenig Lust darauf wie alle anderen Detektive. Deshalb schüttelt er den Kopf. Direkt ablehnen kann Malik das nicht: „Du hast hier doch bestimmt eine Menge zu tun. Das ist wirklich nicht nötig." Aber der Cousin lässt sich nicht richtig abwimmeln: „Ja, ein paar Sachen muss ich wirklich noch erledigen. Wo kommt ihr denn da unter?"

„Bis wir was haben, bleiben wir bei Rüştü Hodscha in Batman", erklärt Malik.

„Ah Rüştü Hodscham. Okay, da seid ihr gut aufgehoben. Dann brauche ich wirklich nicht mit."

Am nächsten Morgen legen sie sich nach dem Gebet nicht noch einmal hin. Das ist nicht einfach für Amin, der sich sogar nochmal hinlegt, wenn er nur eine Viertelstunde hat. Sie besuchen die Ortahisar Fatih Moschee und gehen von da direkt zum Busbahnhof. Taha hat nicht damit gerechnet, was sie im Bus erwartet. Kein Vergleich zu Fernbussen in Deutschland. Hier müssen Ilıcan und Amin ihre langen Beine nicht halb in den Gang legen, weil zu wenig Platz ist. Sie haben WLAN, einen kleinen Bildschirm vor sich, auf dem sie Filme schauen können und es gibt einen Steward. Der geht durch die Reihen und serviert kleine Snacks, Kaffee, Tee und Eis.

Malik setzt sich die Kopfhörer auf, um in Ruhe nachzudenken. Wie konnte das mit Sebastian nur passieren? Was treibt junge Muslime in Kriegsgebiete wie Syrien? Bestimmt spielt eine Rolle, dass die Unterdrückten in diesen Ländern auch Muslime sind. Sebastian wollte seinen Geschwistern helfen.

Grundsätzlich kann Malik das schon nachvollziehen. Aber Kadir Hodscha hat schon recht, wenn er bezweifelt, dass die Gruppen, denen sich Leute wie Sebastian anschließen, irgendetwas verbessern.

Nach Erzurum werden die Straßen schlechter. Der Fahrer muss super aufmerksam sein, um nicht in eines der Schlaglöcher zu fahren oder einen Eselkarren am rechten Fahrbahnrand zu rammen. Malik kann jetzt nicht mehr an Sebastian denken. Angespannt erblickt er jedes Hindernis, das ihnen entgegenkommt. Er will am liebsten raus. Zum Glück macht der Fahrer eine Pause. Am Rastplatz gibt es eine Minimoschee, wo sie beten können. Dann geht es weiter.

Kurz vor Batman erhält Malik eine Sprachnachricht von Tina. Völlig aufgelöst erzählt sie: „Wir haben einen Abschiedsbrief von Sebastian bekommen. Er schwört, dass er meine Mutter und mich immer lieben wird. Wir sollen uns keine Sorgen machen, denn in Kürze werde er bei dem geliebten Propheten (s) sein. Es sei kein Grund zur Trauer und er verbot uns, nach seinem Tod schwarze Trauerkleidung zu tragen." Darauf stoppt die Aufnahme. Wahrscheinlich musste Tina weinen. Erst vier Minuten später sendete sie eine zweite Nachricht. In dieser schluchzt sie: „Malik, ihr seid meine letzte Hoffnung!"

DIE SCHLEPPER VON MARDIN

Nach einer langen Busfahrt erreichen die Detektive am Abend Batman. Wie versprochen, melden sie sich bei Maliks Cousin, um ihm zu sagen, dass sie gut angekommen sind. Völlig fertig fallen sie bei Rüştü Hodscha in die Betten und stehen erst 13 Stunden später wieder auf. Am nächsten Morgen erzählen sie ihrem Gastgeber, dass sie eigentlich nach Mardin weiterwollen. Es kommt ihnen mehr als gelegen, dass er einen guten Freund in Mardin hat: Imam Yusuf. Bei dem sollen sie sich melden. Abends würden sie dann wieder nach Batman zurückkehren.

Sie fahren durch die kargen, strohfarbenen Landschaften des Zweistromlands. So sieht Mesopotamien also aus. Das Land, wo die erste große Hochkultur der Menschheit entstand. Sie kannten es vorher nur aus ihren Geschichtsbüchern. Die Berge steigen flach an. Aber hat man es einmal auf einen der höheren geschafft, hat man eine kilometerweite Aussicht über das helle Braun. Das, was aus der Ferne so aussah wie grüne Tupfer, sind Pistazienbäume.

Von weitem sehen sie den Tur Abdin, den Berg der Knechte, um den herum die Stadt Mardin sich gebildet hat. Die Bergspitze sieht ein bisschen aus wie ein Flaschendeckel. Darunter wurden rund um den Berg dreigeschossige, würfelförmige Gebäude aus Kalkstein gebaut, die sich den Farben der Landschaft angepasst haben: Es sind weiße, graue, beige und hellbraune Häuser.

Sie steigen an der Hauptstraße der Stadt aus dem Bus. Da sie Imam Yusuf nicht vor 18:00 Uhr in der Kasımiye Medrese treffen können, beschließen sie, durch die Stadt zu gehen und schon ein paar Leute nach Sebastian zu befragen. Sie wollen keine Minute vergeuden. In einer Woche müssen Ilıcan, Amin, Taha und Karim wieder in Berlin sein.

Die ersten Personen, die sie ansprechen, sind Taxifahrer. Sie warten an der Hauptstraße auf Kundschaft. Doch keiner hat Sebastian gesehen. Sie schlendern durch die Abbara, die schmalen Gassen der Altstadt. Es riecht nach Staub und Erde. „Was sind das für Sprachen?“, möchte Amin wissen.

„Türkisch ist klar. Was man sonst am meisten hört, ist Kurdisch. Dann gibt es Arabisch und die Christen hier sprechen Aramäisch.“

„Aramäisch?“, Amin kennt das nicht.

„Das ist die ursprüngliche Sprache von Jesus (a), sagt man“, erklärt Karim. Was in diesem Wirrwarr der Geräusche fehlt, ist das Hupen von Autos. Das hat seinen Grund: Die engen Wege sind nicht gemacht für Autos. Dafür wiehern hier Pferde und iahen Esel, die schwere Lasten zum Markt bringen.

Dort schauen sie sich die Seifen an einem Stand an. Wie die duften! Ilıcan: „Das ist mir irgendwie tausend Mal angenehmer als der künstliche Seifenladen im Einkaufszentrum.“

„Warum?“, fragt Taha.

„Ich weiß nicht, die kommen mir irgendwie natürlicher vor.“ Malik erkundigt sich beim Verkäufer.

Der erklärt ihnen, dass die Seife aus Pistazienöl gemacht wird. Da der Verkäufer einen netten Eindruck macht, zeigen die Detektive auch ihm ein Foto von Sebastian. Leider hat er ihn noch nie gesehen. Daraufhin ziehen die Jungs weiter.

„Gebetskappe, graue Dschalabiyya. Der schien recht religiös zu sein“, meint Ilıcan.

„Wenn ich in den letzten Wochen eines gelernt habe, dann dass man nicht vom Äußeren auf das Innere schließen darf“, bemerkt Taha.

„Hey, wollen wir den da nach Sebastian befragen?“, Malik zeigt auf einen Obdachlosen, der zwischen zwei Geschäften sitzt. Seine Pumphose bildet auf dem Boden einen Kreis wie ein runder Teppich. Auf dem Kopf trägt er eine Kufiya, ein weißes leichtes Baumwolltuch mit schwarzem Muster in der Form von Kaffeebohnen. Die rechte Hand hält er offen.

„Einen Obdachlosen?“, fragt Amin ungläubig.

„Warum nicht, der sitzt bestimmt jeden Tag hier. Wenn jemand weiß, was hier abgeht, dann er.“

Malik geht auf ihn zu, legt ihm 20 Lira in die Hand und begrüßt ihn.

Darauf gibt der Alte zurück: „Alaykum salâm. Bitteschön!“

„Wie?“, Malik stutzt und denkt sich: Soll ich jetzt etwa dankbar sein? Er hakt nach: „Wie meinen Sie das?“

„Ich sage bitte, weil ich deine Spende angenommen habe. Und du solltest dich bedanken.“ Das ist Malik zu verrückt. Amin auch: „Dann nimm ihm den Schein wieder weg! Was soll das?“ Währenddessen schaut Karim dem Bedürftigen tief in die Augen. Ein paar Sekunden treffen sich ihre ernsten Blicke. Karim denkt nach, dann nickt er leicht mit

dem Kopf und der Alte blinzelt ihm zu. Karim hat verstanden: „Wir sollen uns bedanken, weil Allah dem Spender verspricht, das Zehnfache zu bekommen, stimmt's?“ Malik übersetzt. Der Alte grinst: „Genau, und Allah hat mich anscheinend hierhergesetzt, damit ihr eure Spende tätigen dürft.“ Ja, so kann man es auch sehen.

Die Jungs zeigen dem Alten ein Foto von Sebastian. Ja, so einen habe er gestern Abend Wasserpfeife rauchen sehen. Die Jungs sind baff. Karim: „Wo war das?“ Der Alte erklärt ihnen den Weg. Wie gut wäre es, wenn sie Sebastian dort kriegen! Am Café angekommen, erkundigen sie sich beim Kellner nach Sebastian, der zwar bestätigt, dass Sebastian gestern hier war, aber kein Stammkunde ist. Schade. Trotzdem ist der Hinweis eine Menge wert, denn Hauptsache Sebastian lebt.

Außerdem sind sie erleichtert, dass er noch nicht rüber nach Syrien ist. Sie würden es niemals wagen, über die Grenze zu gehen. Die guten Nachrichten schreibt Malik direkt Tina.

Nachdem sie etwas gegessen haben, muss Amin auf Toilette. Auf dem Weg sieht er einen anderen Gast, der auf interessante Weise seinen Çay trinkt. Amin ist neugierig, fragt den Kellner, ob das hier Tradition sei. Das sei es. Beim nächsten Çay möchte es Amin auch mal ausprobieren.

Nur wenige Stunden später nimmt Sebastian noch einmal im Darknet Kontakt mit Abu Halal Al-Tripy auf. Er berichtet ihm, dass er sich nicht sicher ist, ob er für diesen großen Schritt wirklich bereit ist. Al-Tripy ist stinksauer, blafft ihn an, Sebastian solle sich ja nicht einbilden, zurückkehren zu können. Wie würde das auf die anderen Brüder wirken! Er sei ein Feigling! Doch Sebastian äußert weiter seine Zweifel. Entweder würden sie ihn fertig machen, droht Al-Tripy, oder noch vor der Einreise bei der Polizei melden. Am Ende geht Al-Tripy über Sebastians Bedenken einfach hinweg: „Pass auf, übermorgen kommt unser türkischer Kontaktmann, holt dich ab und bringt dich über die Grenze!“ Dann beendet er einfach das Gespräch.

Mittlerweile ist es 18:45 Uhr. Zeit für T.A.K.I.M. in Richtung Kasimiye Medrese zu gehen. Die religiöse Schule wurde im 15. Jahrhundert gebaut. Heute ist nur noch die dazugehörige Moschee in Betrieb. Nach zehn Minuten Fußmarsch betreten die Detektive durch ein hohes Steintor die zweigeschossige Medrese.

Rüstü Hodscha erklärte ihnen, dass Imam Yusuf sein Büro hinter dem Wasserbecken im Innenhof hat. Da müssen sie also hin. Sie klopfen an der alten, schweren Holztür. „Bitte, herein." Sie treten ein. Vor ihnen sitzt ein edel aussehender, ganz in weiß gekleideter Mann mittleren Alters. „Maschallah, ihr habt den Test bestanden, keiner von euch hat sich den Kopf gestoßen!", amüsiert sich der Imam. Er zeigt auf den Eingang, der keine 1,40m hoch ist.

Gleich nachdem er sich und seine Freunde als Bekannte von Rüstü Hodscha vorstellt, fragt Malik: „Waren die Menschen früher kleiner?"

„Nein, ihr befindet euch hier in einem alten Unterrichtsraum. Die Schüler sollten sich daran erinnern, ihr Ego kleinzuhalten und ihren Lehrern gegenüber Respekt zeigen. Deshalb haben sie so tiefe Türrahmen gebaut."

Ilıcan dreht sich nochmal zur Tür: „Und laufen da wirklich Leute gegen?"

„Ja, jeder Zweite", antwortet der Imam. Amin muss kichern.

„Was haben die Schüler und Studenten hier gelernt? Islamisches Recht und Scharia?", fragt Karim. Er kann sich richtig gut vorstellen an so einer ehrwürdigen Einrichtung zu studieren.

„Nicht nur. Sie haben auch Physik, Chemie, Medizin und Astronomie gelernt. Vor 500 Jahren war das hier eine wirklich bekannte Hochschule."

„So wie die Unis von Oxford oder Harvard heutzutage?", erkundigt sich Taha.

Imam Yusuf: „Nicht ganz. Eher Europapokal als Champions League." Amin staunt nicht schlecht über den Vergleich, hätte er ihm nicht zugetraut.

„Wir suchen einen jungen Mann aus unserer Stadt", Malik reicht ihm ein Foto, „haben Sie den schon mal gesehen?"

Der Imam bedauert: „Nein, aber es gibt einige junge Männer, die aus dem Westen hierherkommen, um über die Grenze zu gehen. Was ist nur in ihren Köpfen los?"

Amin spaßt: „Die sind vielleicht zu oft gegen Türrahmen gelaufen. Oder zu selten. Wie man es nimmt. Imam Yusuf, gibt es eine spezielle Stelle, von wo die jungen Leute über die Grenze nach Syrien gehen?"

Da verrät der Imam von Mardin ihnen die Schlüsselinformation: „Die Kämpfer gehen nicht auf eigene Faust. Sie werden von türkischen Schleppern an syrische übergeben. Die Übergabe findet in einer Teestube in der Südstadt statt." Ilıcan schreibt sich den Ort sofort auf, zeigt dem Imam nochmal die Mitschrift. Der bestätigt die richtige Schreibweise.

Taha: „Das sind wichtige Infos. Aber warum unternimmt die Polizei nichts dagegen?"

Der Imam: „Sie versuchen's, haben aber zu wenig Personal, zu wenig Ausrüstung. Die Schlepper sind gewitzt, immer einen Schritt voraus." Der Imam steht kurz auf, um den Jungs Çay zu servieren. Ilıcan war bis eben noch halbwegs gelassen, weil er davon ausging, dass sie die Polizei einschalten und dabeihaben, wenn sie den Schleppern und Sebastian die Falle stellen. Das können sie jetzt wohl vergessen.

Dann erzählt Taha Imam Yusuf ihren Plan. Sie brauchen dafür seine Hilfe. Es ist verrückt, das hat er bestimmt noch nie gemacht, trotzdem sagt er zu. Schließlich geht es darum, eine Seele zu retten!

Auf einmal wandern alle Blicke ungläubig zu Amin, dessen Wangen mit irgendetwas vollgestopft sind. Er grinst so breit, dass zwischen seinen Zähnen ein paar weiße Ecken herauslugen. Amin muss mindestens fünf Zuckerwürfel im Mund haben. Als er das so oder so ähnlich heute im Café gesehen hat, dachte er sich: Coole Sache, ganz nach meinem Geschmack!

Nun nimmt er einen Schluck Çay. Entsetzt starrt Malik ihn an. Sein Blick spricht Bände: Alles klar bei dir, lass den Quatsch, wir sind hier bei einem fremden Imam zu Gast! Aber Amin hat nicht das Gefühl, dass er etwas falsch macht. Im Gegenteil: „So trinkt man hier Çay. Hat der Kellner vorhin erzählt. Ist doch so, oder Imam?"

Zum Glück reagiert der Imam locker: „Na, das hast du fast richtig verstanden. Wir lösen den Zucker tatsächlich nicht im Çay auf. Hier ist es üblich," der Imam zeigt Amin seinen rechten Zeigefinger, „sich einen Würfel Zucker unter und nicht auf die

Zunge zu legen und so den Tee zu trinken. Wir nennen das Kitlama Çay." Oh Mann, mit Amin pendeln sie immer zwischen Fremdschämen und einer Menge Spaß. Malik weiß, dass er sich irgendwann bestimmt über die Aktion amüsieren wird. Wenn sie hier aus dieser Geschichte heil wieder rauskommen und längst wieder in Deutschland sind, aber jetzt ist ihm nicht danach zumute.

Nachdem sich der Imam nach ihren weiteren Plänen erkundigt, bietet er den Jungs an: „Warum wollt ihr heute Abend wieder zurück nach Batman? Das ist doch viel zu viel Fahrerei. Ihr könnt gerne hier übernachten. Hier ist genug Platz." Klasse! Die Jungs freuen sich. Um sicher zu gehen, dass Rüstü Hodscha nichts dagegen hat, rufen sie ihn an. Der gibt grünes Licht: „Bei Imam Yusuf seid ihr in besten Händen! Ich sage auch gerne deinem Cousin Bescheid, Malik." Dann gehen die Jungs auf ihr Zimmer.

Alle fünf sind noch angespannt. Es ist 22 Uhr. Taha geht auf und ab. Immer wieder malt er sich aus, wie das morgen im Café ablaufen könnte. So bereitet er sich auch vor wichtigen Fußballspielen vor. Vor dem geistigen Auge sieht er sich Pässe spielen, dribbeln und wie seine Gegner darauf reagieren werden. Auf diese Weise war er seinen Gegenspielern oft eine Sekunde voraus. Jetzt macht er es ganz ähnlich. Er fragt sich: Sieht man von der Teestube schon die Grenze und dahinter Rauchschwaden vom Krieg? Sehen sie Sebastian direkt? Werden gleich mehrere Kämpfer nach und Geflüchtete aus Syrien gebracht und ausgetauscht? Kommt es zu einer Massenschlägerei?

Amin probt sicherheitshalber ein paar Tritt- und Schlagkombinationen. Ilıcan und Malik schauen sich online eine Landkarte an. Sie suchen den Standort der Teestube. Malik grübelt: „Stellt euch mal vor, Sebastian befindet sich keine zwei Häuserblocks entfernt von hier. Mardin ist nicht so groß." Karim geht zu den beiden und wirft auch einen Blick auf die Karte: „Das wäre so krass. Vielleicht ist er vorhin nur eine Minute, nachdem wir die Medrese betraten, aus dem Nachbarhaus rausgegangen und zu den Schleppern gelaufen!"

Amin hält es nicht aus. Er geht direkt zum Fenster, öffnet es und ruft in den Nachthimmel von Mardin: „Sebastiaaaan! Sebastiaaaan! Wo bist duuuu?" Taha zieht ihn schnell wieder rein: „Lass das! Meinst du, er hört uns?"

KEIN GEWÖHNLICHER RUF VOM MINARETT

Während die Jungs am nächsten Morgen gegen neun Uhr zur Teestube aufbrechen, liegt Tinas Mutter noch im Bett und starrt die Decke an. Sie weiß, dass sie genau in diesem Augenblick im Dentallabor die ersten Zahnkronen schleifen müsste. Aber sie kann nicht. Sie ist völlig mut- und kraftlos.

Mehr als 3750 Kilometer südöstlich sind die Jungs zuversichtlicher. Die Teestube der Schlepper liegt direkt an einer Kreuzung. Noch sitzt keiner an den sechs runden Tischen draußen. Sie gehen hinein. Damit Sebastian sie nicht gleich entdeckt, wollten die Jungs besser nicht hier warten.

Schräg gegenüber der Kreuzung gibt es eine weitere Teestube. Da ist mehr los. Sie nehmen draußen Platz und lassen sich fünf Rummikub-Tafeln bringen. Drei Stunden lang passiert drüben nichts. Niemand kommt. An der Kreuzung ist auch nicht viel los. Karim hat es sich lange genug verkniffen, jetzt muss er auf Toilette.

Während er weg ist, steigt ein Mann mit Vollbart, Jeans und Poloshirt aus einem Minibus und bleibt vor der Schlepper-Teestube stehen. Kurz darauf hält ein Motorrad. Nachdem der Fahrer seinen Helm abnimmt, schüttelt er seine lange schwarze Mähne.

„Du, Malik, ich wollte mich bedanken für alles, was ihr für mich getan habt."

Damit hat Malik nicht gerechnet. Kein „Wie geht's?", „Was machst du?". Schon komisch, aber Malik schiebt es darauf, dass Sebastian nach seiner Rettung noch Zeit braucht, bis er sich wieder normal verhält. „Ach was, ist doch Ehrensache."

„Nein, ist es nicht. Ich wünschte, ich hätte euch schon früher richtig kennengelernt. Dann wäre mir vieles erspart geblieben." Sebastians Stimme klingt so niedergeschlagen, als würde er etwas aufgeben. Seine Hoffnung, Träume, Pläne – Malik weiß nicht, was es ist. Auf der anderen Seite klingen seine Worte einsichtig, deshalb glaubt Malik nicht, dass er Mist baut.

Malik: „Wir haben noch genug Zeit gemeinsam. Lass mal morgen treffen! Dann sind Ilıcan, Taha, Karim und Amin auch wieder in Mannheim."

Sebastian will ausweichen: „Keine Ahnung. Vielleicht."

„Was vielleicht? Sehen wir uns morgen inschallah oder nicht?"

„Ich weiß nicht." Kurz darauf verabschiedet er sich von Malik genauso abrupt, wie er das Gespräch begonnen hat. Malik denkt noch eine Weile über Sebastian nach. Puh, war der schlecht drauf.

Würde Malik wissen, dass Sebastian jetzt im Fahrstuhl hoch zu der Krankenhausstation fährt, würde er sich direkt ins nächste Taxi setzen. So bleibt nur die Hoffnung, dass Sebastian selbst noch zur Vernunft kommt. Der schaut sich im Fahrstuhlspiegel an, presst die Lippen aufeinander und schlägt dann mit der Stirn so hart gegen den Spiegel, dass es scheppert und der Spiegel fast zersprungen wäre.

Sebastian hat Glück, dass vor drei Tagen der Wachschutz wieder abgezogen wurde. Die Sicherheitsexperten des Krankenhauses gingen davon aus, dass nach den vielen Wochen keine Gefahr mehr bestehen würde. Keine Minute später klopft Sebastian an der Tür des Einbettzimmers. „Ja, bitte!“ Sebastian huscht in das Zimmer. Noch bevor er sein Gesicht dem Soldaten zuwendet, schließt er die Tür schnell hinter sich. Drei Meter sind zwischen ihm und dem Soldaten im Krankenbett. Dessen Alptraum ist zurück!

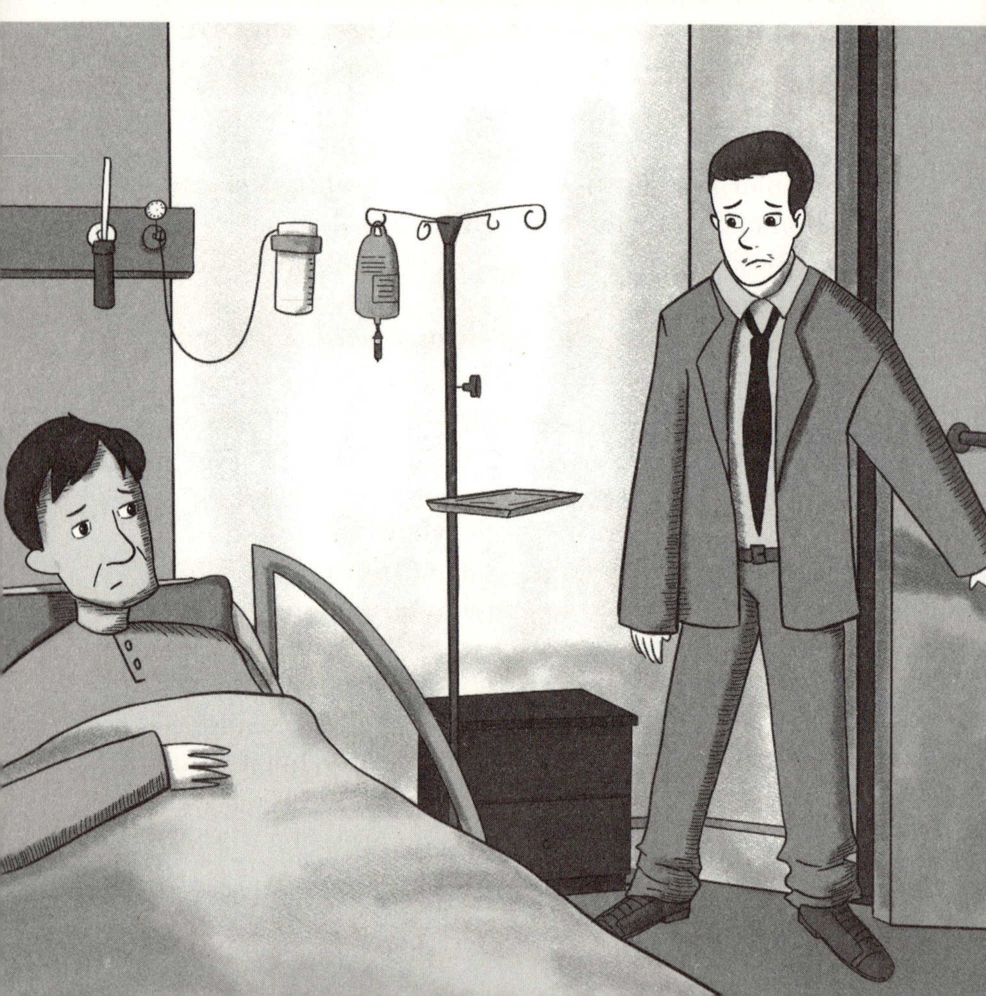

Dabei war der Soldat in letzter Zeit so zuversichtlich. Die Halskrause braucht er seit einer Woche nicht mehr, die Krücken nur noch für längere Strecken und seinen rechten Arm kann er schon bis zu 90 Grad anwinkeln. Und noch wichtiger: Seine Angst wich langsam. Zudem wurde ihm nach zahlreichen Gesprächen mit Psychologen bewusst, dass der Angriff nicht ihm persönlich galt, sondern dem Militär. Er würde dem Attentäter höchstens noch vor Gericht begegnen, erklärten ihm die Psychologen.

Doch nun steht der Attentäter mitten in seinem Krankenzimmer. Ging es doch um ihn persönlich? Selbst wenn er sich verteidigen wollte, fehlte ihm die Kraft. Außerdem hält Sebastian ein Messer in der Hand. Was hat der Psycho vor? Will er mich erledigen, weil ich ihn identifizieren könnte? 1000 Gedanken schießen dem Soldaten durch den Kopf. Das Einzige, was ihn jetzt noch retten könnte, wäre ein lauter Schrei nach Hilfe.

Das ahnt Sebastian, der blitzschnell einen Finger auf die Lippen legt, „Pssst!" macht und gleichzeitig dem Soldaten mit der anderen Hand das Messer im hohen Bogen mit dem Griff voraus aufs Bett wirft. Jetzt hält Sebastian beide Hände über den Kopf als Zeichen, dass er unbewaffnet ist: „Ich will Ihnen nichts tun, ich will Ihnen nichts tun!", schluchzt Sebastian. Der Soldat kann nur instinktiv reagieren. Jetzt zu überlegen, was das soll, dafür ist keine Zeit. Wäre auch unmöglich, weil Sebastians Verhalten keinen Sinn macht. Der Soldat schnappt sich das Messer und hält es mit beiden Händen schützend vor sich.

Sebastian heult. Er sinkt auf den Boden und zieht ein Knie nach dem anderen in Richtung des Soldaten, während er seine Hände die ganze Zeit auf Kopfhöhe hält. Der Soldat sticht mehrmals in die Luft: „Bleib mir vom Leibe, kranker Typ! Hau ab!" Der Soldat wollte Sebastian so weit wie möglich von sich haben. Am liebsten am anderen Ende der Welt. Nun liegt ihm der Typ mehr oder weniger zu Füßen. Sebastian bibbert: „Es tut mir so leid, es tut mir so leid. Ich bin schuld. Ich bin am Ende."

„Halt dein Maul, halt dein Maul", Der Soldat ist vollkommen überfordert mit der Situation.

„Ich kann nicht mehr, ich bin am Ende."

„Du bist gestört! Hau ab!"

Sebastian fällt in sich zusammen, krümmt sich auf der Seite wie ein Baby im Bauch der Mutter. Nachdem er einige Minuten geweint hat, berichtet Sebastian sein ganzes Leid. Davon wie er als Jugendlicher auf die schiefe Bahn geriet, Drogen nahm und kriminell wurde. Wie er dann an falsche Muslime geriet und die ihn erpressten, den Überfall zu machen. Er schwört, dass er es bitterlich bereut. Er fleht darum, dass der Soldat ihm vergibt.

Sebastian erzählt, wie er nach Syrien gehen wollte, junge Muslime ihn kurz vor dem Grenzübertritt retteten und er durch den kleinen Muhammad neuen Lebensmut schöpfte. Als der Soldat hört, dass Sebastian bei dem Versuch, die Vormundschaft zu beantragen, eine solche Abfuhr auf der Behörde erhielt, weckt das ein bisschen Mitleid. Nicht mit Sebastian, mit Muhammad, dem kleinen Jungen aus Syrien. Er spricht zu Sebastian: „Sieh zu, dass du dein Leben wieder in den Griff kriegst!"

Sebastian liegt immer noch zusammengekrümmt auf dem Boden. „Wie soll ich das machen? Ich kriege bestimmt ein paar Jahre Gefängnis“, jammert er.

„Besser du kümmerst dich um deinen kleinen Freund. Der braucht dich!“, gibt der Soldat von sich, während er auf Sebastian niederblickt.

Da macht es klick bei Sebastian. Nicht, dass er gleich aufspringt und „Hurra, mach ich“ schreit. Aber er spürt wieder, dass er eine Verantwortung gegenüber Muhammad hat. „Meinen Sie das ernst? Sie werden mich nicht verraten?“, vergewissert sich Sebastian.

Der Schmerz, den Sebastian ihm zugefügt hat, sitzt immer noch tief. Deshalb will er es nicht noch einmal aussprechen. Mit völlig ernster Miene nickt der Soldat und bedeutet ihm dann mit der rechten Hand, sein Zimmer zu verlassen.

Langsam richtet sich Sebastian auf. Er drückt seine Hand auf seine Brust, um den Soldaten zu zeigen, dass er nichts als Respekt, Hochachtung und Dankbarkeit für ihn empfindet. Dann schleppt er sich zur Tür.

Während Sebastian bei seiner Ankunft schon völlig erschöpft war, wirkt er jetzt, als wäre er selbst einem Krankenbett der Intensivstation entsprungen. Seine Augen blicken so starr ins Nichts wie bei Komapatienten. Sein Gesicht ist total verquollen, die Schultern hängen herunter und mit jedem Schritt legt er gerade einmal 20 Zentimeter zurück.

Es hat nicht viel gefehlt, dann wäre dieser Tag in einem Desaster geendet. Jetzt, da er von seinem eigenen Opfer so viel Gnade erfahren hat, blickt er zumindest nicht mehr ganz so düster in die Zukunft.

Am nächsten Tag trifft er sich mit T.A.K.I.M. Während Sebastian und Malik in der Türkei waren, mussten Ilıcan, Karim und Taha in die Schule und Amin zur Ausbildung. Jetzt sind wieder Ferien. Die Berliner Detektive sind direkt zu Malik gereist. Für sie ist der Fall erst gelöst, wenn die 73er gestoppt und ihr wichtigster Drahtzieher hinter Gittern sitzt. Außerdem möchten sie Sebastian unterstützen, wieder Fuß zu fassen.

Die jungen Detektive sind euphorisch, als sie Sebastian begrüßen. Sogar Ilıcan zeigt einen kleinen Gefühlsausbruch – er springt vor Freude hoch. Besser gesagt, schwingt er sich auf die Zehenspitzen, mehr geht nicht. So etwas macht Ilıcan sonst nie.

Die Jungs fragen Sebastian, wie sein erster Tag zurück in der Heimat war und was er jetzt vorhat?

Sebastian fackelt nicht lange herum, kommt gleich zur Sache: „Ich war gestern bei dem Soldaten im Krankenhaus."

„D-d-du, d-d-du, d-du, warst was?", stottert Karim.

„Bei den Soldaten, der vor ein paar Wochen nach dem Diskobesuch überfallen wurde", erklärt Sebastian.

Malik ist zurecht stinksauer: „Sebastian! Da wollten wir zusammen hin! Bist du verrückt?" Amin ist genauso aufgebracht, er packt Sebastian: „Hast du ihm was getan?"

Sebastian will sich aus dem Griff befreien, doch erst als er sagt: „Nein, habe ich nicht!", lässt er wieder ab von ihm. Den anderen fällt ein Stein vom Herzen.

„Und wie geht es ihm?", möchte Ilıcan wissen.

„Viel besser. Alhamdulillâh, er wird keine bleibenden Schäden haben", berichtet Sebastian. Da fällt den Jungs der nächste Stein vom Herzen.

„Wie hat er reagiert?“, fragt Malik.

„Das wollt ihr besser nicht wissen!“ Die Jungs verständigen sich per Blickkontakt nicht weiter nachzubohren.

Sebastian, dem man sein schlechtes Gewissen ansieht, rafft sich auf zu den Worten: „Nur so viel: Er sieht von einer Anzeige ab.“

„Puh“, Taha atmet auf, während Ilıcan ein bisschen beunruhigt ist: „Du hast ihm doch nicht etwa gedroht?“

„Nein, nein. Keine Angst. Alles gut.“ Dann wechselt Sebastian das Thema: „Könnt ihr euch noch an den kleinen Muhammad erinnern?“

„Ja, was ist mit ihm?“, möchte Taha wissen.

„Ich will ihn holen und sein Vormund werden.“

Eines muss man Sebastian lassen, überraschen kann er die Jungs fast so gut wie Amin.

„Wouh, wouh, wouh. Moment mal, habe ich das gerade richtig verstanden, du willst Muhammad bei dir zu Hause aufnehmen?“, vergewissert sich Taha.

„Ja“, antwortet Sebastian. Die Detektive sind ein paar Sekunden sprachlos, bis Karim das Wort ergreift: „Islamisch gesehen wäre das eine richtig, richtig gute Tat. Waisenkinder zu unterstützen ist mit das Beste, was man tun kann.“ Sebastian strahlt über das ganze Gesicht, während Karim weitererzählt: „Wenn du ihn islamisch erziehst, könnte das für dich zu einer Sadaka Dschâriya werden.“ Sebastian macht ein Gesicht, als verstände er nicht. Darauf erklärt Malik: „Das ist im Prinzip eine Hasanât-Flatrate. Für alle guten Taten, die Muhammad von dir erlernt und nach deinem Tod weiterhin tut, kriegst du Pluspunkte.“

Dann ergreift Karim wieder das Wort: „Sei für den kleinen Muhammad das, was unser Prophet (s) für Zayd ibn Hârisa war!“

Nicht nur Sebastian, auch Amin wird neugierig: „Wer war das?“

„Zayd kam als Sklavenjunge nach Mekka. Unser geliebter Prophet Muhammad (s) nahm ihn bei sich auf. Irgendwann kamen dann die leiblichen Eltern zum Propheten (s), um ihren Sohn zurückzuholen. Die haben safe damit gerechnet, dass er vor Freude in die Luft springt.“

Amin unterbricht: „So wie Ilıcan vorhin?“

„Nein nein, noch höher“, flachst Karim.

„Hahaha, sehr witzig“, erwidert Ilıcan.

Karim zieht seinen V-Kragenpullover aus. Dann berichtet er weiter: „Der Prophet (s) ließ Zayd die Wahl, wo er bleiben möchte. Zayd sprach zum Propheten (s): ‚Ich würde keinen anderen Menschen dir vorziehen. Du bist für mich wie mein Vater und meine Mutter…‘ Und zu den anderen gewandt erklärte Zayd: „Ich habe von diesem Mann so Gutes erfahren, dass ich ihm niemals einen anderen vorziehen würde.‘“

Taha schüttelt den Kopf voller Bewunderung: „Was war der Prophet (s) für ein besonderer Mensch! Wie die Sahâbas ihn geliebt haben!“

Karim: „Und der Prophet (s) hat auch die Sahâba geliebt. Besonders Zayd. Die Leute nannten ihn Habîb des Propheten (s).“

„Der kleine Muhammad ist jetzt schon mein Habîb“, verkündet Sebastian stolz.

„Würde Muhammad dich auch seinen eigenen Eltern vorziehen?“, testet Amin Sebastian. Der wirkt irritiert.

„Das ist doch gar nicht wichtig, Amin. Muhammads Eltern sind gestorben. Der hat außer seinen Nachbarn niemanden", Malik nimmt die Spannung raus: „So wie ich euch erlebt habe, kann ich mir vorstellen, dass er gerne zu dir will, oder?"

„Ja, wir haben alles durchgesprochen. Schon als ich gehen musste, wollte er unbedingt mit. Bei seinen früheren Nachbarn hatte er zwar ein Dach über dem Kopf, mehr aber nicht. Die konnten sich kaum um ihn kümmern", erzählt Sebastian.

Die Jungs haben mittlerweile erkannt, wie wichtig es Sebastian ist, Muhammad herüberzuholen. Taha denkt noch einen Schritt weiter: Es gibt kaum etwas Sinnvolleres für Sebastian, um hier in Deutschland wieder Fuß zu fassen. An dieser Aufgabe kann er sich festkrallen, sie wird ihn sinnvoll beschäftigen und ablenken von den alten 73er-Gedanken.

„Da wäre aber noch ein Problem", stockt Sebastian.

„Was ist los?" fragt Malik.

„Ich hab's vielleicht vermasselt", dann erzählt Sebastian von seiner Lüge auf dem Amt. Amin schüttelt den Kopf: „So ein Haarspalter!"

„Recht hast du. Paragrafenhengst, Prinzipienreiter, Erbsenzähler, Çekirdek-mit-Messer-und-Gabel-Esser!", Taha steigert sich immer mehr hinein. Malik ist überrascht, wie viele türkische Worte Taha mittlerweile kennt. Er stellt sich das vor: Sonnenblumen mit Messer und Gabeln essen, das würde wirklich zu dem Typen passen.

Sebastian tut es gut, dass die Detektive so zu ihm halten: „Ich dachte, ihr könntet vielleicht weiterhelfen. Mittlerweile habe ich auch mit meiner Mutter geklärt, dass Muhammad wirklich in das eine Zimmer gehen kann."

Malik ist sicher: „Da ist das letzte Lied noch nicht gesungen." Die Jungs denken nach. Auch wenn er jetzt keine Lösung parat hat, möchte Ilıcan in der verzwickten Lage das Positive sehen: „Wenn Muhammad jetzt schon käme, würde es euch schwerfallen, unterzutauchen. Aber das solltest du machen. Die 73er dürfen erstmal keinen Wind davon kriegen, dass du wieder hier bist." Sebastian hat noch gar nicht daran gedacht, dass es für ihn gefährlich werden könnte.

„So bleibt uns mehr Zeit, die Schurken zu kriegen", ergänzt Taha: „Gerade du und Muhammad, ihr könnt erst in Ruhe hier leben, wenn die Gefahr durch sie gebannt ist."

In der Zwischenzeit dachte Malik darüber nach, was er tun könnte, um Muhammad doch noch herzukriegen: „Mir fällt jemand ein, der uns vielleicht helfen könnte. Lasst mich ihm in Kürze einen Besuch abstatten. Ich kann aber nichts versprechen."

SCHLUMMERN WIE DIE SIEBENSCHLÄFER

Zzz...

Nach dem Gespräch mit Sebastian gehen die Detektive in einen Köfte-Imbiss, wo sie eine letzte Team-Schura abhalten. Malik beginnt: „Bismillâhir rahmânir rahîm. O Allah, festige Sebastian auf dem ausgewogenen islamischen Weg! Lass ihn und uns niemals in ein Extrem fallen! O Allah, lass uns unterscheiden können zwischen der Wahrheit und der Verblendung! O Allah, mache es möglich, dass Sebastian Muhammad zu sich holt!" Malik fällt nichts mehr ein. Amin merkt das und ergänzt kurz und bündig: „Und lass uns diesen Al-Tripy kriegen!"

Gerade Taha hat noch eine Rechnung mit dem Kerl offen. Vielleicht sagt er deshalb lauter als alle anderen „Âmîn!". Beinahe wäre er auf Al-Tripys Propaganda reingefallen. Und es gibt junge Leute wie Sebastian, die weder viel Ahnung vom Islam haben noch rosige Zukunftsperspektiven. Wenn ihnen dann noch gute Freunde fehlen, besteht die Gefahr, dass sie falschen Anschauungen einer Sekte erliegen.

Ilıcan fasst kurz die Vergehen von Al-Tripy zusammen: Es handelt sich um a) Unterstützung einer terroristischen Vereinigung im Ausland, deren Zwecke und Tätigkeiten darauf gerichtet sind,

Mord, Totschlag oder Kriegsverbrechen zu begehen, b) Vorbereitung einer staatsgefährdenden Straftat und c) Terrorismusfinanzierung. Malik schreibt die drei Straftaten auf Zettel, die er auf den Tisch legt. Das mal so schwarz auf weiß zu sehen, ist krass. Taha wird bewusst, dass T.A.K.I.M. mitten in einer Geschichte steckt, für die es im Fernsehen Sondersendungen gibt. Malik tippt mit dem Finger nacheinander auf die Zettel: „Okay Leute, wie können wir die Vergehen beweisen?"

Ilıcan denkt laut: „Hat Sebastian nicht Al-Tripys Darknet-Nachrichten? Da wird doch drinstehen, dass er ihn nach Syrien schicken möchte."

Malik kennt die Antwort: „Leider nicht. Auch alle anderen Unterlagen hat er nicht mehr. Sebastian musste seinen Account löschen, kurz bevor er über die Grenze wollte."

Ilıcan gibt zu: „Die sind nicht dumm. Sie sorgen dafür, dass alle Spuren gelöscht werden."

Karim schlägt vor: „Wie wär's, wenn wir Sebastian noch einmal hinschicken?" Ilıcan ist fast sauer, als er das hört: „Das hab ich doch vorhin schon gesagt. Der ist dran, wenn die hören, dass er zurück ist. In ihren Augen ist er ein Versager. Sie könnten Angst haben, dass Sebastian sie verrät."

„Oder dass andere seinem Beispiel folgen. Lass mal, Karim!", Malik stimmt Ilıcan zu.

Nach ein paar Minuten glaubt Taha, die Lösung gefunden zu haben: „Wenn's bei Sebastian keine Nachrichten mehr gibt, dann vielleicht bei denen, die ihn geschickt haben!"

Ilıcan wird ganz bange bei dem Gedanken: „Zurück in die Höhle des Löwen?"

„Erinnert ihr euch an meinen letzten Kontakt mit den 73ern in der Fußgängerzone?“, Taha schaut in die Runde, die anderen haben verstanden, dass Taha davon spricht, wie er die Polizei holte, um die 73er vor dem wildaufgebrachten Passanten zu schützen: „Da wurde ich von denen voll verehrt. Die hielten mich für sehr clever. Also wird mir schon nichts passieren. Oder habt ihr eine bessere Idee?“ Haben sie nicht. Von daher bleibt ihnen nichts anderes übrig, als Tahas gewagtem Plan zuzustimmen.

Bevor Taha ein weiteres Mal bei den 73ern eingeschleust wird, möchte Malik, dass Sebastian Kadir Hodscha richtig kennenlernt. Als Malik dem Hodscha von Sebastian erzählte, lud der beide Jungs zu einem Projekt ein. Er betreut nämlich seit zwei Jahren drogensüchtige Muslime. Von der ersten Gruppe haben mehrere Projektteilnehmer eine feste Arbeit gefunden, kommen regelmäßig in die Moschee und die Hauptsache ist: sie sind seit vielen Monaten clean. Vor vier Wochen hat Kadir Hodscha eine neue Gruppe gestartet.

Auf dem Weg zum Jugendklub, wo sie die Gruppe treffen, fragt Sebastian den Hodscha: „Warum machen Sie das mit den Junkies eigentlich?“

„Du meinst, den Süchtigen helfen?“, wundert sich Kadir Hodscha: „Na, die brauchen Hilfe!“

Bei den 73ern wurden Menschen vom Rand der Gemeinschaft immer als Opfer angesehen, die selbst schuld sind. Dass man sie unterstützen sollte, darauf sind sie nicht gekommen. Solche Ansichten ändern sich bei Sebastian nur allmählich. Deshalb stutzt er auch bei der Antwort von Kadir Hodscha und hakt noch einmal nach: „Hat denn der Prophet (s) Junkies geholfen?“

„Geholfen? Das weiß ich nicht“, gibt Kadir Hodscha zu.

„Steht das im Koran?“, fragt Sebastian, als ob es so einfach wäre.

„Nein, da steht es nicht, soweit ich weiß“, antwortet der Hodscha.

„Dann sollten Sie es auch nicht machen!“, bestimmt Sebastian, der es seltsam findet, dass ein Hodscha so oft „das weiß ich nicht“ sagt. Malik ist fast erschrocken, als er das hört.

Der Hodscha nimmt es jedoch besonnen auf: „Yavaş, yavaş! Unsere Religion ist noch ein bisschen mehr. Sicher, ohne Koran und Sunna als Quellen geht nichts, aber wir brauchen auch die Gelehrten.“

Die sind Sebastian egal: „Wofür?“

„Nehmen wir das Beispiel von modernen Drogen wie Koks oder Crystal. Woher wissen wir, dass sie im Islam verboten sind?“, prüft der Hodscha Sebastian.

Sebastian zuckt mit den Schultern: „Ist doch klar.“

Kadir Hodscha bohrt weiter: „Aber die werden weder im Koran noch in der Sunna genannt! Gelehrte ziehen hier nämlich Rückschlüsse aus einem ähnlichen oder allgemeinen Fall im Koran oder der Sunna. Das ist bei Koks oder Crystal nicht so kompliziert. Die Gelehrten wussten, dass Allah Alkohol verboten hat, weil es berauscht. Daraus schlossen sie, dass alle Stoffe die berauschen, auch haram sind. Kannst du es nachvollziehen?“ Sebastian nickt nachdenklich.

Dem Hodscha ist nicht ganz klar, ob Sebastian es wirklich begriffen hat. Er führt weiter aus: „Wenn wir nur nach dem gehen, was direkt im Koran und der Sunna genannt wird, müssten beide Drogen erlaubt sein. Du hast ja vorhin selbst gemerkt, dass das nicht sein kann.“

Sebastian: „Okay, und auf welche Verse oder Hadithe beziehen sich Gelehrte, wenn sie sich um Junkies kümmern?“

Kadir Hodscha stört, wie Sebastian sich ausdrückt. Das möchte er ihm sagen, bevor er auf die Frage eingeht. Er bleibt stehen: „Sebastian, gehen wir einen Schritt zurück. Können wir aufhören diese Menschen als Junkies zu bezeichnen? Diese Geschwister sind krank, sie sind schwach, oft haben sie keine Mittel, aber dafür den großen Wunsch umzukehren.“

„War ja nicht böse gemeint“, rechtfertigt sich Sebastian kleinlaut.

Dann erklärt Kadir Hodscha weiter: „Es gibt Dutzende Koranverse und Hadithe, die uns auffordern genau diesen Gruppen zu helfen: Den Kranken, Armen, Umkehrbereiten und Schwachen. Und Drogenabhängige gehören auch zu den Bedürftigen. Sebastian, du kriegst viel Belohnung, wenn du ihnen hilfst. Mir hat immer die Geschichte des Gelehrten Imam Malik imponiert.“

Malik ist neugierig, nicht nur weil es sein Namenvetter ist: „Was hat er gemacht?“

„Das erzähl ich euch auf dem Rückweg inschallah, wir sind gleich da!“, verspricht der Hodscha.

Als der Hodscha, Malik und Sebastian im Jugendklub ankommen, ist noch keiner da. Die drei stellen schon einmal acht Stühle im Kreis auf. Nach zehn Minuten treffen die Teilnehmer ein und es geht los. Für heute sollte jeder einen Gegenstand mitbringen, der ihnen viel bedeutet.

Weil die anderen noch sehr zurückhaltend sind, beginnt der Hodscha. Er zeigt einen alten Teppich, auf dem sein Familienstammbaum bis ins

14. Jahrhundert eingewebt ist. Darunter sind einige Imame und Statthalter. Interessant ist auch, in wie viele verschiedene Länder die Vorfahren des Hodschas gezogen sind.

Anschließend zeigt ein hagerer Teilnehmer mit eingefallenen Wangen ein Feuerzeug. Während er das Feuerzeug geschickt durch seine Finger gleiten lässt und ein paar Tricks zeigt, erzählt er, dass er damit herumspielt, wenn er nervös ist. Der Zweite hat seinen Gegenstand vergessen. Der Nächste zeigt das Foto seiner Ex-Frau, an der er immer noch hängt. Danach holt ein junger Mann, der wie Malik Kopfhörer um den Hals hat, einen kleinen Teddy heraus. Sebastian kann sich nicht verkneifen zu grinsen. Er findet das kindisch. Als der Mann dann noch kaum ein Wort herausbringt und eine Träne vergießt, schüttelt Sebastian den Kopf. Kadir Hodscha spricht den Drogenabhängigen an: „Willst du etwas dazu erzählen?“

Erstmal geniert er sich. Dann ringt er sich doch dazu durch: „Den hat mir meine Mama zum achten Geburtstag geschenkt“, bei den Worten blickt Sebastian Malik an, weil er denkt, der müsse sich auch darüber amüsieren. Tut er aber nicht, weil er spürt, dass der Mann gleich etwas Heftiges berichtet. „Eine Woche nach meinem Geburtstag ist sie gestorben! Der hier ist das Letzte, was ich von ihr bekommen hab.“ Sebastian fällt sein Herz in die Hose. Die nächsten Minuten traut er sich nicht, dem Mann in die Augen zu schauen.

Der letzte Teilnehmer lässt einen marmornen Stein herumgeben: „Den habe ich auf Klassenfahrt gefunden. Der bringt mir Glück!“ Mittlerweile hat Sebastian seine Scham schon wieder verloren. Er unterbricht den Mann mit dem Stein: „Das ist aber Schirk!“

„Aha“, sagt der Angesprochene, ohne zu verstehen. Im Gegensatz zu ihm wissen Kadir Hodscha und Malik genau, was Sebastian meint. Es passt ihnen überhaupt nicht.

Nach der Runde mit den Gegenständen sprechen sie über dieses und jenes. Die Drogensüchtigen haben viele Fragen. Einer will wissen, wie Kadir überhaupt Hodscha wurde. Während er antwortet, hat ein Teilnehmer Gummibärchen herausgeholt. Er öffnet die Packung und stopft sich einige in den Mund. Sebastian winkt ihm, dass er ihm mal die Packung reichen soll: „Lass mir aber noch ein paar übrig“, flüstert der Teilnehmer.

Sebastian dreht die Tüte, liest die Zutaten und macht dann den armen Mann an: „Haram, ya! Ich will gar keine. Ahi, du isst Schwein und man ist, was man isst!“ Darauf beendet der Hodscha seine

Rede abrupt. Er will mit Sebastian unter vier Augen sprechen. Kaum haben sie die Tür hinter sich zugemacht, fragt der Hodscha: „Sebastian, wer von uns beiden ist der Hodscha?"

„Sie!"

„Wer von uns beiden kennt sich besser mit halal und haram aus?"

„Sie!"

„Und wer von uns beiden hat bisher mehr Erfahrungen mit Drogenabhängigen?"

„Na ja, der Typ, der mir früher Gras besorgt hat, war auch ein richtiger Junkie." Kadir Hodscha schaut ihn schief an, worauf Sebastian einlenkt: „Ja, aber sonst: Sie. Klar."

„Dann glaub mir, dass ich das am besten einschätzen kann, wann ich wem sage, was haram und was Schirk ist."

„Trotzdem: Schirk ist keine kleine Sache!"

Kadir Hodscha hält immer noch die Türklinke in der Hand: „Das habe ich nicht gesagt. Wir wissen nicht, wie sehr der Mann daran glaubt, dass der Stein ihm wirklich Glück bringt. Natürlich ginge das nicht. Aber schau dir sein Leben an. So viel Glück hatte der Arme Kerl noch nicht. Das könnte ich ihm also leicht ausreden. Jetzt möchte ich erstmal was dafür tun, dass sein Glaube aufkeimt."

„Ja, okay aber mit dieser Gelatine kann man doch leicht aufhören", wirft Sebastian ein.

„Manche können das vielleicht. Andere nicht. Allah verändert die Menschen Schritt für Schritt. Der Prophet (s) war auch erst einmal über viele Jahre Al-Amîn, also derjenige, dem die Mekkaner blind vertrauten, und dann erst sandte Allah ihm die Botschaft. Sebastian, ich will, dass wir die armen Seelen nicht gleich wieder vergraulen."

Langsam macht es Klick bei Sebastian. Der Hodscha schlägt vor: „Sebastian, wie wäre es, wenn wir zunächst ihre Namen, die ihrer Familienmitglieder und besten Freunde lernen?"

„Nicht ihr Ernst?"

„Doch, das meine ich todernst. Ich interessiere mich für diese Menschen. Anschließend sollten wir mit ihnen über ihre wichtigsten Erfahrungen im Leben sprechen", kündigt Kadir Hodscha an.

Sebastian zählt eins und eins zusammen: „Deshalb die Gegenstände?"

Der Hodscha freut sich: „Sebastian, jetzt verstehst du es. Du bist clever" Das letzte Mal hat er das vor 19 Jahren gehört. Es tut ihm gut.

Die beiden kehren zurück in dic Runde. Aber der Hodscha setzt sich nicht, er geht zum Samowar und schenkt in acht Gläser Çay ein. Dann serviert er. Dabei bemerkt er, wie Sebastian kaum merkbar mit dem Zeigefinger alle Teilnehmer durchgeht. Er liest die Namensschilder, die auf die T-Shirts geklebt sind. Als er Sebastian seinen Çay gibt, zwinkert er ihm anerkennend zu.

Einer der Teilnehmer möchte noch wissen, ob sie überhaupt noch eine Chance auf Allahs Barmherzigkeit hätten. Da spricht Kadir Hodscha ihnen ins Gewissen: „Wir haben immer, ich betone, immer die Chance auf Allahs Barmherzigkeit! Allah spricht im Koran: ‚O meine Diener, die ihr gegen euch selbst maßlos gewesen seid, verliert nicht die Hoffnung auf Allahs Barmherzigkeit'." Das war nicht nur für die fünf Projektteilnehmer neu, sondern auch für Sebastian. Allahs Worte sind Balsam für Sebastians

Seele. Wie oft hat er in den letzten Wochen daran gezweifelt, dass Allah ihm noch vergeben könnte. Zu groß war das Register seiner großen Fehler. Er würde dem Hodscha am liebsten das Herz küssen.

Die Teilnehmer bleiben trotzdem zurückhaltend. Es wird Wochen dauern, bis das Eis schmilzt und sie Vertrauen aufbauen. Anderthalb Stunden hat das Treffen heute gedauert. Nun gehen die Teilnehmer wieder. Während der Hodscha mit Malik und Sebastian aufräumt, erzählt er ihnen die versprochene Geschichte von Imam Malik: „Eines Tages ging Imam Malik zum Unterricht in die Moschee. Da sah er vor dem Eingang einen Betrunkenen, der ständig hinfiel, grölte und dabei auch noch Allahs Namen in den Mund nahm. Imam Malik entschied sich spontan dafür, an diesem Tag seinen Unterricht ausfallen zu lassen. Ihm war in diesem Moment der Betrunkene wichtiger als seine Schüler. - Was Imam Malik dann tat, ist schon Extraklasse. Erst wischte er mit seinem eigenen Gewand dem Betrunkenen den Mund ab."

Sebastian unterbricht: „Dann konnte er damit nicht mehr beten?"

„Das stimmt. Dazu muss man wissen, dass der Imam auch immer sehr feine Kleider trug. Aber noch viel wichtiger ist: Daraufhin hob Imam Malik den Mann auf den Rücken und trug ihn zu sich nach Hause."

„Okay, an der Stelle bin ich raus. Ich bin mir schon nicht sicher, ob ich den Mund saubergemacht hätte. Aber den Rest auf keinen Fall", gibt Malik zu. Kadir Hodscha fährt fort: „Imam Malik setzte aber noch einen drauf. Er machte den Betrunkenen bei sich zu Hause sauber und kochte für ihn."

Kurz darauf hörte Imam Malik in einem Traum eine Stimme: ‚Wir reinigen dich, wie du deinen Bruder gereinigt hast.' Am nächsten Tag ging Imam Malik in die Moschee und sah den Mann sauber und frisch in der ersten Reihe. Er wollte am Unterricht teilnehmen."

„Maschallah", dachte sich Sebatsian, „es gibt Geschichten aus der Sîra, von Sahâbas oder frommen Menschen danach, die man sein Leben lang nicht vergisst." Für Sebastian ist das so eine. Inzwischen sind sie fertig mit dem Aufräumen. Beim Abschließen der Eingangstür dreht sich Kadir Hodscha zu den Jungs: „Kommt ihr übermorgen mit? Da gibt es einen Vortrag in der Stadthalle. Es kommt extra jemand aus Indonesien zu Besuch, eine Koryphäe der Hadithwissenschaften." Hört sich gut an, denken Malik und Sebastian. „Das heißt, ihr gebt mir euer Wort, dass ihr kommt?"

„Na klar, Hodscham", verspricht Sebastian. Malik überlegt noch, ob es Sebastian noch einmal wagen kann, in die Öffentlichkeit zu gehen. Dann sagt er aber auch zu. Sebastian versteht noch nicht, dass sich der Hodscha dabei etwas gedacht hat.

Acht Wochen nach seiner Aktion in der Fußgängerzone trifft Taha zum ersten Mal wieder die 73er. Sie feiern ihn wie einen zurückgekehrten Helden. „Nwankwo, wie hast du es geschafft, aus dem Haus zu kommen? Deine Mutter hat doch gedroht, sich was anzutun", möchte Al-Tripy wissen. Taha ist für ihn Nwankwo.

„Irgendwann habe ich es nicht mehr ausgehalten. Da habe ich gesagt: Mach, was du nicht lassen kannst. Allah und meine Brüder sind mir wichtiger!", nach diesen Worten beißt er sich auf die Lippen und schämt sich. Die 73er schauen sich gegenseitig amüsiert und Taha voll Hochachtung an. „Was habe ich euch gesagt? Der Kerl ist ein wahrer Gläubiger. Wir sind stolz, dass du zu den 73ern gehörst!“, tönt Al-Tripy: „Nwankwo, vergiss deine Mutter! Wir sind deine Familie!“

Taha muss das Spiel leider mitspielen: „Sie würde sich eh nie umbringen. Nur leere Sprüche. Wer im Westen ist schon bereit, Opfer für eine große Sache zu bringen. Die lieben alle nur sich selbst!“ Solche Sprüche kommen gut an bei den 73ern.

Al-Tripys Vertrauen in Nwankwo wächst: „Junge, du erinnerst mich an einen guten alten Krieger aus unseren Reihen.“ Wen meint er damit? Sebastian? Sich selbst?

Ein paar Minuten später muss Taha ein weiteres Mal einen Vortrag von Al-Tripy ertragen. Im Anschluss ruft Al-Tripy seine Anhänger dazu auf, für das sogenannte Heilige Kalifat zu spenden. Die Lage sei ernst und die Brüder bräuchten jede Hilfe. Einige leeren ihre Portemonnaies auf dem Tisch. Es kommen über 500 Euro zusammen. Aber Al-Tripy lässt nicht locker, schimpft, dass dies längst nicht reiche. Im Gegensatz zu ihnen hätten die Sahâbas ihr letztes Hemd gegeben. „Was sollen wir machen, Scheich? Ich hab alles gegeben, was ich habe“, verteidigt sich einer.

„Yani, dieses eine Mal könnt ihr eure Handys hier reinholen. Überweist mir das Geld, ich leite es weiter!“ Aus schlechtem Gewissen holen sie ihre Handys. Al-Tripy fragt jeden einzelnen: „Was überweist du für die Sache Allahs?“ So baut er Druck auf. Aus Angst vor ihm überweisen die 73er. Aber ist Angst vor dem Scheich die richtige Niyya? Am Ende kommt Al-Tripy auf die Summe: „8.914 Euro und 23 Cent. Na, geht ja. Mit der Summe lässt sich was anstellen.“ Wie sehr das stimmt, werden die 73er früher erfahren, als es manchen von ihnen lieb ist.

Danach nutzt Taha die Gelegenheit und macht Al-Tripy vor den anderen 73ern einen Vorschlag, der entscheidend dafür sein wird, an den Chatverlauf zwischen Al-Tripy und Sebastian im Darknet zu kommen: „Ya Scheich, ich habe im Internet gelesen, dass Muslime manchmal mitten in der Nacht aufstehen und beten. Können wir das auch mal machen?“

Al-Tripy ist alles andere als begeistert: „So etwas machen nur Sufis. Wir müssen bereit sein zu kämpfen, da brauchen wir jede Minute Schlaf. Wer weiß, ob der Hadith überhaupt sicher überliefert wurde.“ Taha kann seinen weiteren Plan vergessen, wenn er jetzt schon scheitert. Deshalb argumentiert er: „Aber Scheich, verbringen unsere Märtyrer die Nächte nicht auch zusammen? Ich sehe sie richtig vor mir: In Zelten und am Lagerfeuer Kampflieder singen.“

Al-Tripy wickelt das letzte Stück von seinem gelben Turban noch einmal fest um den Kopf. Ihm gefällt überhaupt nicht, dass Taha nicht lockerlässt: „Junge, die sind im Krieg. Das ist kein Pfadfindercamp!“ Er will die Diskussion beenden: „Reicht es, Nwankwo? Eigentlich wollte ich noch was zum Vortragsthema erzählen.“

Was für ein Glück für Taha, dass ein anderer 73er gegoogelt hat, wie es mit dem Hadith nun steht. Er hat nicht nur herausgefunden, dass der Hadith authentisch ist, sondern auch, dass die Sahâbas regelmäßig in der Nacht aufstanden. So fällt Al-Tripys wichtigstes Argument weg.

Seinem Ton hört man an, wie ungern er es zugibt: „Na ja, wenn das so ist. Okay. Wir können es ja mal ausprobieren, obwohl man eigentlich auch immer die Hintergründe von so einem Hadith kennen muss“, bei den Worten denkt sich Taha: „Aha, jetzt auf einmal! Sonst sind ihm die Hintergründe egal!“ Hauptsache die 73er verabreden sich zu der Übernachtung in einer Woche.

Für Taha ist das nichts Neues. Mit der Jugendgruppe übernachten sie regelmäßig in der Moschee. Das sind echte Highlights. Früher quatschten sie die halbe Nacht, tobten und spielten. In letzter Zeit wollte die Mehrheit lieber früher in den Schlafsack schlüpfen und dann um 3 Uhr morgens aufstehen und beten.

Vor allem Amin hatte Schwierigkeiten damit, bis der Hodscha erklärte, welcher Segen in den wachen Nächten liegt. Der Hodscha zitierte den Propheten (s): „Unser Herr, der Segensreiche und Erhabene, wendet sich gnädig unserem ersten Himmel zu, wenn das letzte Drittel der Nacht anbricht und spricht: ‚Wer ruft mich an, damit ich ihm entgegenkomme? Wer macht Duâ zu mir, damit ich ihm gebe? Wer bittet mich um Vergebung, damit ich ihm verzeihe?‘“.

Zwei Tage sind seit dem Besuch im Jugendklub vergangen. Heute steht der Vortrag zu den Hadithwissenschaften an. Kadir Hodscha ist schon da, T.A.K.I.M. ist mit Sebastian noch auf dem Weg zur Stadthalle.

Zehn Minuten später betreten auch sie den Veranstaltungsort. Doch als sie über die Schwelle zwischen Foyer und Vortragsraum treten, dreht Sebastian schnurstracks wieder um. Malik folgt ihm. Als er ihn im Foyer eingeholt hat, fragt er: „Sebastian, was ist los? Wohin gehst du?“

„Nach Hause. Das ist nix für mich. Da vorne ist eine Frau.“ In der Tat sitzt hinter einem Tisch auf der Bühne eine ältere Frau. Am Rednerpult stellt der Moderator sie gerade vor.

„Ja, und weiter?“, fragte Malik.

Sebastian protestiert: „Haram, ich höre mir doch nicht den Vortrag einer Frau an.“

Malik kann das nicht verstehen: „Hast du Angst, dich zu verlieben?“, spaßt er: „Sie könnte deine Mutter sein. Komm schon, wir sind doch zum Lernen hier.“

„Trotzdem!“, Sebastian bleibt stur: „Gibt es keinen Scheich für das Thema?“

„Keine Ahnung, aber du kannst nicht einfach gehen. Wir haben dem Hodscha unser Wort gegeben.“ Endlich wendet sich Sebastian Malik richtig zu. Er fragt: „Dürfen Frauen überhaupt Männer unterrichten?“

„Das können wir alles später Kadir Hodscha fragen. Hören wir es uns wenigstens ein paar Minuten an!“, während Malik spricht, werden Zweifel in ihm geweckt, ob es so eine gute Idee ist, Sebastian zu überzeugen. Nicht dass der dann im Vortrag auf irgendeine dumme Idee kommt. Doch jetzt ist es zu spät dafür, Sebastian ziehen zu lassen. Er will doch bleiben. Zumindest gilt auch für ihn: Versprochen ist versprochen!

Als sie im Vortragsraum sind, fällt Sebastian zu allem Ärger auch noch auf, wie die Leute sitzen. Da gibt es rechts vorne sechs Sitzreihen nur mit Frauen. Auf der anderen Seite drei, wo nur Männer sitzen. Schließlich haben Familien auch noch gemischt Platz genommen. Das geht Sebastian gewaltig gegen den Strich. Die Frauen sollen doch wie bei den 73ern über einen Bildschirm den Vortrag verfolgen.

Sebastian fühlt sich so, als müsste er allen anderen Muslimen im Vortragsraum zeigen, was der echte Islam ist. Deshalb schreitet er zur Tat: Er holt sich von hinten eine Stellwand und platziert sie in den Gang zwischen den Männern und Frauen. Bevor sich andere beschweren, hetzt Malik zu ihm. Genau so etwas hat er befürchtet. Er legt seinen Arm über Sebastians Schulter und drängt ihn nach hinten in eine Ecke, wo sie sich setzen.

Dort versucht Malik Sebastian weiter zu beruhigen. Aber die ersten zehn Minuten des Vortrags ist er mit dem Kopf ganz woanders. Erst in der Fragerunde öffnet sich Sebastian der Referentin. Das hat damit zu tun, dass Kadir Hodscha nach dem Verständnis eines bestimmten Hadith fragt. Sebastian ist überrascht, dass der Hodscha die Frau etwas zum Islam fragt. Das müsste er doch selbst wissen. Anscheinend hat sie wirklich viel Wissen.

Der Eindruck trügt nicht. Gemeinsam mit Kadir Hodscha dürfen Sebastian und T.A.K.I.M. nach dem Vortrag noch an einer persönlichen Runde mit der Scheicha teilnehmen. Das hat der Hodscha eingefädelt. Vor 40 Jahren haben die beiden an der Al-Azhar Universität von Kairo studiert.

Die Jungs und der Hodscha betreten einen kleinen Raum, wo die Scheicha jeden einzelnen herzlich mit den Händen vor der Brust und einem Lächeln begrüßt. Sebastian steht hinter den anderen, als ob er sich schämen würde. Er grüßt nicht.

Wie bei den Drogensüchtigen serviert Kadir Hodscha Tee. Als erste bekommt die Scheicha ein Glas. Sie reicht es aber direkt weiter zu Amin neben ihr.

Nach einer kurzen Vorstellung dürfen die Jungs Fragen stellen. Jetzt auf einmal ist Sebastian still. Er traut sich nicht. Malik: „Ich glaube, mein Freund hier hat ein paar Fragen."

„Nein, ich hab keine Frage", behauptet Sebastian.

Da schaltet sich die Scheicha ein: „Vielleicht willst du mich fragen, ob Männer Frauen grüßen dürfen?" Ihr ist nicht entgangen, dass Sebastian einfach an ihr vorbeiging. „Ja, zum Beispiel. So kenne ich das nicht. Man hat mir beigebracht, dass man das nicht macht", erzählt Sebastian ehrlich. Darauf bringt die Scheicha mehrere Beispiele, wie Männer die Frauen und Frauen die Männer in der Zeit des Propheten (s) grüßten. Da war nichts dabei. „Im Gegenteil, Allah ruft uns dazu auf, den Friedensgruß zu verbreiten. Willst du mir und anderen Frauen keinen Frieden wünschen?"

Sebastian gibt kleinlaut zu: „Doch. Natürlich."

Um Sebastian ein bisschen aus dem Fokus zu nehmen, stellt Ilıcan für ihn die Frage: „Wie ist das in so einem Raum oder in einer Moschee, dürfen Männer und Frauen zusammensitzen oder muss da eine Wand zwischen beiden sein?" Sebastian ist Ilıcan dankbar für diese Frage.

„Junger Mann, zur Zeit des Propheten (s) waren Männer und Frauen zusammen in der Moschee von Medina. Es gab drei Eingänge, die alle von Frauen und Männern benutzt wurden. Es gab weder einen eigenen Raum für Frauen noch Wände zwischen ihnen. Es gab noch nicht einmal Linien auf dem Boden für verschiedene Bereiche. Ja, man hat sich gesehen", berichtet die Scheicha.

Sebastian fragt, halb um die Scheicha zu prüfen, halb aus Neugierde: „Ist das authentisch?" Die Antwort der Scheicha hat es in sich. Sie lässt keine Zweifel daran, dass ihre Aussagen ausschließlich auf den heiligen Quellen beruhen: Sie gibt drei Hadithe wörtlich wieder. Dazu nennt sie die Überlieferer der Hadithe angefangen bei den Augenzeugen des Propheten (s), über alle Generationen bis zu Imam Buhârî, der sie in einem gesammelten Werk verschriftlicht hat. Da sind mindestens sechs Generationen dazwischen. Und in jeder Generation gab es nicht nur einen, sondern gleich mehrere Überlieferer. Am Ende hat die Scheicha fast 100 verschiedene Namen und die Lebensdaten der Überlieferer aufgezählt.

„Wie kann man sich das alles merken?", Karim ist baff, während Sebastian Stück für Stück auftaut. Es ist beeindruckend, wie aus ihr die Koranverse und Hadithe mit Quellenangaben heraussprudeln. Die Frau ist ein lebendes Islam-Lexikon. Im Vergleich zu ihr, ist Karim die Version „Islam für Dummies" und Al-Tripy ein Wikipedia-Eintrag voller Fehler.

„Ich habe mein Leben dem Wissen gewidmet, um so viele Fakten wie möglich über den Propheten (s) zu lernen, zu bewahren und weiterzugeben. Dieses Wissen sollte so nah wie möglich an dem sein, was der Prophet (s) tatsächlich sagte und tat."

Sebastians Bild von Al-Tripy hat einen weiteren Kratzer bekommen. Von wegen die 73er sind die „echten Gläubigen"! Al-Tripy könnte niemals die ganzen Überlieferer aufzählen. Der hat immer nur behauptet: Der Hadith ist stark oder schwach. Punkt! Sebastian schüttelt unbewusst den Kopf. Er würde nur zu gerne mal in einer Sitzung der 73er diesen Hadith mit den ganzen Namen vortragen. Aber er darf nicht zu leichtsinnig werden und da einfach hingehen. Da würde ihm was blühen. Leider bleibt Sebastian erst einmal unberechenbar.

Noch eine Weile unterhalten sich die Jugendlichen mit der Scheicha, dann muss sie los. Jedem der fünf Detektive und auch Sebastian überreicht sie ihre Visitenkarte: „Wenn ihr mal eine Frage habt, könnt ihr mich jederzeit über E-Mail kontaktieren." Jetzt geht es für sie weiter nach München, wo sie den nächsten Vortrag hält.

Sebastian, T.A.K.I.M. und Kadir Hodscha verlassen auch wieder die Stadthalle. Obwohl die

Scheicha auch so mächtig Eindruck auf Sebastian gemacht hat, möchte er von Kadir Hodscha hören, wie er sie einschätzt: „Kadir Hodscha, weiß die Frau wirklich so viel?"

„Es gibt gestandene Gelehrte aus Marokko, Syrien, der Türkei und Pakistan, die tausende von Kilometer reisen, um an ihren Seminaren in Indonesien teilzunehmen und eine Lehrerlaubnis von ihr zu erhalten." Aus Kadir Hodschas Worten sprechen Respekt und Bewunderung.

„Ist doch irgendwie komisch, dass Gelehrte bei einer Scheicha lernen müssen", denkt Sebastian laut.

Kadir Hodscha: „Überhaupt nicht. Wir nehmen das Wissen, von wem auch immer es kommt. Früher haben die Muslime nicht gedacht: Oh, eine Frau, darf ich von der lernen?"

„Na, das war doch genau deine Frage, oder Sebastian?", Malik erinnert ihn.

„Stimmt. Woher wissen Sie, dass das früher okay war?", hakt Sebastian nach.

Kadir Hodscha: „Vielleicht weißt du es nicht, aber die Witwe des Propheten (s) Aischa (r) unterrichtete Sahâbas und die nächste Generation. Ohne unsere Mutter Aischa (r) wüssten wir nicht so viele Details aus dem Eheleben des Propheten (s). Der große Imam Suyûtî, der vor 600 Jahren in Ägypten lebte, hat all seine Lehrer aufgelistet. Was denkst du, wie viele Lehrerinnen darunter waren?"

„Na, wenn sie mich so fragen: Sechs oder sieben?", schätzt Sebastian.

„Es waren 42 Lehrerinnen", verrät der Hodscha, der sich kurz darauf verabschieden muss.

Da staunt nicht nur Sebastian. Amin: „Das mit Imam Suyûtî ist schon cool. Ich weiß gar nicht, auf wie viele Lehrerinnen ich kommen würde. Ich hatte drei in der Grundschule. Dann kamen auf der weiterführenden Schule noch Frau Fischer und Frau Pelz. Jetzt in der Ausbildung gibt es keine. Im Sportverein auch nicht. Also bisher sind es fünf."

„Kann es sein, dass du meine Mama vergessen hast?", fragt Karim.

Sebastian kommt nicht hinterher: „Warum Karims Mama?"

„Wir haben alle von ihr Koranlesen gelernt", erklärt Taha.

Amin hatte sie in dem Augenblick wirklich nicht auf dem Schirm: „Autsch. Safe, sie zählt doppelt, also sieben Lehrerinnen." Sie sind an der Bushaltestelle angekommen. Während sie warten und sich weiter unterhalten, fühlt Sebastian eine kleine Pappe in der Tasche. Es stört ihn, weil er eigentlich nie etwas in den Hosentaschen hat. Gerade will er es in den Mülleimer werfen, als er bemerkt, dass es die Visitenkarte der Scheicha ist. Besser, er behält sie.

Taha hat die Tage ein volles Programm. Am Abend treffen sich die 73er bei Al-Tripy zum Übernachten. Bevor sie schlafen, hält Al-Tripy noch eine Rede, in der er so tut, als ob die Übernachtung seine Idee gewesen wäre. Am Ende haut er etwas raus, was er irgendwo im Internet gelesen hat: „Stellt euch mal vor, ein König verspricht euch, jeden Morgen um 3 Uhr nachts 500.000 Euro vor eure Haustür zu legen. Ihr kriegt die. Dafür müsst ihr nur aufstehen und sie euch holen. Schafft ihr es innerhalb einer halben Stunde nicht, ist das Geld wieder weg. Und der Lohn Allahs, wenn wir heute Nacht aufstehen, ist noch viel, viel größer." Taha sieht, wie die Augen der anderen immer größer werden.

Dann sagt Al-Tripy: „Also ich werde um 3:15 Uhr aufstehen und euch wecken. Dann werden wir lange beten. Wer glaubt, dass er das nicht durchhält, sollte besser jetzt schon gehen." Aber die 73er sind viel zu sehr von sich und der Tiefe ihres Glaubens überzeugt. Dabei hat keiner von ihnen jemals in der Stille der Nacht Allah gesucht. Die meisten von ihnen haben früher um diese Uhrzeit Dinge gemacht, die absolut nicht islamisch sind.

Gegen 23:00 Uhr ist auch der letzte 73er eingeschlafen.

Um kurz nach 3:00 Uhr wacht Taha auf. Er ärgert sich, denn eigentlich wollte er um spätestens zwei Uhr aufstehen und die Aktion durchführen, wenn alle schlafen. Aber er ist nicht aufgewacht. Er hatte darauf gezählt, dass er nicht so tief schläft. Seinen Handywecker konnte er nicht stellen. Handys sind hier immer noch tabu.

Und nun? 15 Minuten hätte er. Er wiegt die Chancen und Risiken ab. Zwar würde sich so eine Möglichkeit wie heute Nacht nicht so schnell wieder bieten, doch kann er alles verspielen, wenn sie ihn erwischen.

Deshalb entscheidet sich Taha dafür, seinen Plan aufzugeben, auch wenn er sich unendlich über sich selbst aufregt. Die Warnungen von Malik und Ilıcan klingen immer noch in seinem Kopf. Die verbleibenden Minuten bis 3:15 Uhr nutzt er für Zikr. Immer wieder spricht er die Formel „Alhamdulillâh". Es ist nicht einfach, aber er versucht, die Enttäuschung zu bekämpfen. Stattdessen will er sich bewusst machen, was sie in diesem Fall alles Allah zu verdanken haben. An erster Stelle natürlich, dass sie Sebastian davor bewahren durften, sein eigenes

Leben und das von anderen auszulöschen. Es dauert einige Alhamdulillâhs, bis er innerlich die Situation akzeptiert.

Er lenkt seine Gedanken zu der Zeit, als er mit Karim, Amin und Ilıcan das erste Mal nach Mannheim kam. Beinahe hätte er ein paar Ansichten von diesen schrägen 73ern übernommen. Zum Glück machte Karim ihm klar, wie abwegig diese Gedanken waren. Auch dafür will er Allah danken. Er flüstert: „Ya Allah, es tut weh, dass es nicht klappt. Bitte schenke uns eine andere Gelegenheit, an Beweise gegen diese Bande zu kommen."

Eine Viertelstunde später meldet sich der Wecker von Al-Tripy. Der Azân zum Morgengebet. Doch das Schnarchen in der Runde geht weiter. Kein Zeichen dafür, dass jemand aufwacht. Niemand öffnet die Augen, keiner sagt was, es wälzt sich nicht einmal jemand auf die Seite. Als die Stelle „as-salatu hayrun min an-nawm" ertönt wird, drückt Al-Tripy wie im Reflex das Handy aus.

Taha denkt sich: „Ist das wahr? Vor vier Stunden gab er noch an, wie stark sein Wille sei und nun?" Taha macht erstmal Wudû. Nach fünf Minuten wiederholt sich der Azân. Wieder krümmt keiner einen Finger, es blinzelt kein Auge.

Taha geht zu Al-Tripy schüttelt seine Schulter: „Scheich Al-Tripy, wir wollten doch aufstehen. Scheich Al-Tripy, es ist schon fast halb vier." Er rührt sich nicht. „Ya Scheich, das letzte Drittel der Nacht ist angebrochen! Denk doch an die Vergebung, unsere Duâs werden angenommen", wieder rüttelt Taha ihn an der Schulter. Zumindest reagiert Al-Tripy jetzt. Er stöhnt: „Mmmh! Lass mich in Ruhe. Noch ein bisschen", schlummert ein und ist wieder Mitglied im Chor der 73 Schnarchnasen.

Taha geht in die Küche, um etwas zu trinken. Was für ein Missgeschick, ein Topf fällt ihm herunter! Es scheppert gewaltig. Egal, die anderen müssen sowieso aufstehen. Taha geht einen Schritt zurück zum Türrahmen, um nachzuschauen. Aber nicht einmal bei dem Lärm ist jemand aufgewacht. Da denkt er sich: Sollte Allah wirklich mein Duâ so schnell beantworten? Wie krass wäre das denn? Er will es testen. Noch einmal nimmt er den Topf und einen Deckel und knallt sie laut zusammen. Nichts rührt sich. Das ist das Zeichen, denkt sich Taha. Noch einmal bittet er Allah, dass alles glatt geht.

Er geht an den Computer von Al-Tripy und fährt ihn hoch. Das ist so gewagt, wie einem schlafenden Löwen mit einer Fingernagelschere die Krallen zu schneiden. Nach Benutzernamen und Passwort wird gefragt. T.A.K.I.M. hat natürlich damit gerechnet. Wer außer Ilıcan könnte ein Tool entwickeln, das Passwörter knackt, selbst wenn sie über Bitlocker komplett verschlüsselt sind? Ilıcan schaffte das, als seine Mutter ihr Passwort vergessen hat. Seine Technik beruht auf der Frequenzanalyse. Die ist so kompliziert, dass man es kaum erklären kann. Entdeckt hat die Methode der große arabische Gelehrte Al-Kindi im 9. Jahrhundert.

Nur das eine Mal hat Ilıcan das Tool verwendet. Er hätte nicht gedacht, dass er es noch einmal braucht. Nun hat er es für die Aktion überarbeitet. Taha steckt den USB-Stick mit dem Tool in den Port des Computers. Ein schwarzes Fenster öffnet sich. In der Mitte zwei Zeilen mit weißen Zahlenreihen. In Zehntelsekunden blinken immer wieder neue Buchstaben und Zahlen in weißer Schrift auf, bis sie bei zwei Kombinationen stehen bleiben. Obere Reihe: MärtyrerRuhm. Untere Reihe: ASlchTwreirptyARlalcahhes. Taha notiert sich beide.

Dann schließt er das Fenster. Er reibt sich die schweißigen Hände am Oberschenkel trocken, bevor er zuerst MärtyrerRuhm als Benutzernamen eingibt. Mit ein bisschen Glück wäre er da auch selbst draufgekommen. Noch ein kurzes Flehen zu Allah, dann gibt er den Buchstabensalat ASIchTwreirptyARlalcahhes ein.

Ja, es klappt! Taha nimmt sich vor, später Ilıcans Hände dafür zu küssen. Plötzlich ertönt mit dem Erscheinen des Desktops ein „Bismillâhir rahmânir rahîm". Während Taha die Taste sucht, mit der er den Computer auf stumm stellen kann, meldet sich Al-Tripy aus dem Nebenzimmer: „Ey, mach die Musik aus!" Taha rührt nichts an. Er hat gar keine andere Möglichkeit. Schnell vom Platz abzuhauen ist unmöglich. Wenn ein Rudel Haie auf einen Taucher im Meer trifft, bleibt dem auch nichts anderes übrig, als sich nicht zu bewegen. Erst nach einer Minute Stille wagt Taha es, aufzustehen und einen Blick ins Schlaflager zu werfen. Alles ruht. Also weiter.

Taha kopiert das komplette Emailverzeichnis und er speichert sämtliche Nachrichten des Darknet-Dienstes auf dem Stick. Dafür benutzt er wieder Ilıcans Tool. Auch dieses Mal funktioniert es perfekt. Nach zehn Minuten ist alles getan. Er fährt den Computer wieder herunter. Die genaue Untersuchung der Daten können sie bei Malik vornehmen.

Taha kehrt zurück ins Wohnzimmer. Noch immer schlafen die 73er so fest wie die Siebenschläfer aus der Sure Al-Kahf. Allah schützte sie vor ihrer schlechten Umgebung. Heute ist es genau andersherum: Indem Allah die Bande tief schlummern lässt, schützte er die Gesellschaft.

Taha schaut auf die Uhr. In fünf Minuten müsste das letzte Drittel der Nacht vorbei sein und die Morgendämmerung anbrechen. Wenn die anderen überhaupt noch was von diesem Segen mitnehmen wollen, müssen sie jetzt aufstehen. Taha geht ein weiteres Mal zu Al-Tripy und versucht es mit Schütteln, erzählt vom Hadith und piekst ihn sogar in die Taille.

Dann denkt sich Taha, vielleicht klappt es ja hiermit: Er geht ganz kurz nach draußen und kommt wieder: „Ya Scheich, da liegt Geld vor der Tür, willst du das nicht haben?" Da springt Al-Tripy auf und hetzt zur Wohnungstür. Er kehrt enttäuscht und wütend zurück. „Fünf Euro, mehr nicht! Warst du das?", meckert er. Taha beißt sich auf die Lippe, um sich das Lachen zu verkneifen: „Ja Scheich! Ich wusste nicht, wie du sonst aufwachen würdest." Al-Tripy grummelt noch irgendetwas, scheint sich an seine eigenen Worte zu erinnern und verzieht sich auf die Toilette.

Bis er wieder herauskommt, ist längst die Zeit für das Morgengebet angebrochen und das letzte Drittel der Nacht verstrichen. Taha und Al-Tripy wecken einen nach dem anderen, um das Morgengebet zu verrichten.

Im Gegensatz zu den 73ern haben Malik, Karim, Amin und Ilıcan die Nacht wirklich im Gebet gestanden, um Vergebung gebeten und vor allem inbrünstig Allah angerufen, Taha zur Seite zu stehen. Umso nervöser öffnen sie die Tür, nachdem Taha geklingelt hat. Malik drückt Taha an sich mit einem leisen: „Allahu akbar." Amin und Taha teilen ein Lächeln, geben sich einen Handshake in der Luft und umarmen sich ebenfalls. Ilıcan muss fast eine Träne verdrücken, als er seinen Freund in die Arme schließt. In der Zeit hat Karim eine Niederwerfung gemacht, um Allah zu danken. Die Detektive führen sich nicht laut auf. Dafür stimmt ihr Handeln mit dem überein, was sie in ihrem Herzen empfinden.Oben an der Tür muss sich Malik entschuldigen. Er hat einen wichtigen Termin. Nachdem sich die anderen Detektive unten in Maliks Reich setzen, erzählt Taha von der Nacht. Dann nimmt Ilıcan den USB-Stick mit den kopierten Daten und steckt ihn in Maliks Laptop.

HALAY MIT EINER OMA

Zur gleichen Zeit ist Malik auf dem Weg in das Büro von Politiker Haaro. „Was ist aus der Initiative geworden, Waffenlieferungen in Krisengebiete zu stoppen?", möchte Malik wissen, der sich schon denken kann, dass das nicht von heute auf morgen geht. Er fragt mehr, um den Politiker daran zu erinnern. Die Antwort kommt wie erwartet: „Malik, so schnell mahlen unsere Mühlen nicht. Bitte hab noch Geduld!"

Dann erzählt Malik Sebastians Geschichte: Aus welchen Verhältnissen er kommt, wie er sich bei den 73ern radikalisierte, wie ihn die Detektive retteten und dass er Woche für Woche stabiler wirkt, und seine Zeit mit den 73ern bereut. Nur von seinem Überfall auf den Soldaten erzählt er nichts. Haaro hört atemlos zu. Nervös tippt er mit dem Zeigefinger auf den Tisch: „Das ist der Mann, den du in unserem letzten Gespräch angedeutet hast, richtig?"

Malik nickt: „Herr Haaro, wir glauben, dass Sebastian mittlerweile nicht mehr anfällig ist für extreme Ansichten. Er könnte wieder ein festes Mitglied unserer Gesellschaft und der muslimischen Gemeinschaft werden. Nun hat er es sich zur Lebensaufgabe gemacht, einen kleinen Waisenjungen aus Syrien großzuziehen. Die beiden sind in dem Geflüchtetenlager ein Herz und eine Seele geworden", Malik zeigt ihm das Foto vom gemeinsamen Torjubel: „Sie haben Tag und Nacht miteinander verbracht. Der Kleine tut ihm gut. Dadurch, dass er sich um ihn kümmert, sieht er wieder einen Sinn in seinem Leben."

Haaro ist begeistert: „Aber das ist doch großartig!"

„Jetzt kommt der Haken: Er will ihn nach Deutschland holen, die Vormundschaft übernehmen", berichtet Malik.

Haaro reagiert fast euphorisch: „Das ist gut, das ist gut. Wir suchen ohnehin massenhaft Bürger dafür."

„So einfach ist es leider nicht.", Malik kommt langsam zum Kern des Problems. Ein paar Mal wippt Malik auf seinem Stuhl von der einen zur anderen Seite.

„Warum?", will Haaro wissen.

Malik berichtet, wie sich Sebastian durch die Aussage auf dem Amt die Vormundschaft verspielt hat: „Wir haben Angst, dass es Sebastian aus der Bahn wirft, wenn das nicht klappt. Nicht dass er eine Gefahr für andere Menschen wird. Aber womöglich tut er sich selbst etwas an. Und der kleine Junge hat hier bestimmt bessere Perspektiven als in dem Lager."

Haaro: „Okay. Aber wie ist es denn nun mit der Unterkunft? Hat die Familie genügend Platz?"

Malik beruhigt: „Ja, ich kenne die Mutter und habe persönlich mit ihr gesprochen. Die haben ein Haus. Sie sind bereit, ein Zimmer freizumachen. Darauf gebe ich Ihnen mein Wort. Herr Haaro, können sie nicht etwas unternehmen?"

Haaro überlegt: „Ich kenne den Amtsleiter. Ich werde ihn gleich mal anrufen." Der Politiker erklärt dem Chef von Çekirdek-mit-Messer-und-Gabel-Esser Wollgast die Hintergründe und bittet diesen, sich der Sache anzunehmen.

Wenige Minuten später übermittelt Haaro dem Detektiv die frohe Botschaft: Sebastian darf Muhammad nach Deutschland holen und dessen Vormund werden! „Danke!", Malik will gerade aufstehen, Haaro die Hand drücken und sich verabschieden, da bittet der Politiker ihn, sich noch einmal zu setzen: „Kannst du noch ein bisschen was über die 73er erzählen? Ich höre das erste Mal von denen." Malik beschreibt die Gruppe ausführlich. „Aber der Fisch stinkt vom Kopfe her. Ohne diesen Hassan Jemnah beziehungsweise Al-Tripy wären die harmlos."

„Jemnah?", Haaro fragte, als würde er ihn kennen: „Der hat vor zehn Jahren eine Drogenbande angeführt. Damals war er so clever und hat alle Spuren verwischt. Die Polizei hat schon x-Mal versucht, ihn zu schnappen."

„Ich glaube, schon bald kann T.A.K.I.M. Beweise liefern", meint Malik.

Haaro schwankt zwischen Hoffnung und Sorge. „Aber seid vorsichtig!" Haaro erklärt, warum er Al-Tripy für brandgefährlich hält: „Da gab es irgendeinen Streit in seiner Gruppe. Al-Tripy hat den anderen kurzerhand brutal zusammengeschlagen."

„Warum hat man ihn da nicht verurteilt?"

„Kurz vor der Verhandlung hat sein Opfer aus unerklärlichen Gründen seine Aussage zurückgezogen." Mit dieser gruseligen Geschichte verlässt Malik das Büro.

Kurz darauf ruft er Sebastian an. Der steht mitten auf einem S-Bahnsteig. Als er die gute Nachricht erfährt, macht er spontan Halay und greift die nächstbeste Hand in seiner Umgebung. Das ist die einer alten Frau mit Rollator. Sie weiß gar nicht, wie ihr geschieht, lässt aber zu, dass Sebastian ihren kleinen Finger durch die Luft schwingt und um sie herumtanzt.

Nach dem Gespräch nimmt Malik den nächsten Bus zurück nach Hause. Wenn alles nach Plan gelaufen ist, haben die Jungs die Mitteilungen von Al-Tripy gecheckt und belastende Aussagen gefunden. Das wäre der zweite Knüller heute.

Malik schließt die Tür auf, geht die Treppe hinunter. Ganz schön leise hier, denkt er sich, aber klar, die sind ja auch am Lesen. Nachdem er das Zimmer betritt, sieht er, wie betreten seine Freunde aussehen. „Was'n los?"

„Wir haben nichts gefunden?", erklärt Ilıcan schlecht gelaunt.

„Wie, ihr habt nichts gefunden? Taha, du hast doch alle Nachrichten kopiert oder?"

Taha verteidigt sich: „Ja, habe ich. Aber vielleicht hat er noch einen anderen Account. Ich habe keine Ahnung."

„Wie ätzend", Malik wirft seine Kopfhörer in die Ecke. Wenigstens konnte er organisieren, dass Muhammad kommen kann. Die Neuigkeit baut Taha, Ilıcan, Karim und Amin ein bisschen auf. „Soll ich nicht nochmal versuchen, an Al-Tripys Computer zu gehen?", fragt Taha Malik.

„Was sagen die anderen?", möchte Malik wissen. Mittlerweile ist es auch Karim und Amin zu heikel. Ilıcan ja sowieso. So hat sich das Blatt gewendet.

„Taha, wir dürfen unser Glück nicht zu sehr herausfordern", meint Malik. Was bleibt ihnen jetzt noch übrig? Es beginnt eine Runde Nachdenken, Möglichkeiten gedanklich durchspielen, die Chancen und Risiken abwägen.

Ilıcan kommt auf etwas, das ihnen weiterhelfen könnte. Vor gut zwei Wochen half er dem Vater eines Mitschülers. Der Mann war Richter. Nachdem Ilıcan ihm innerhalb einer Stunde das Smartphone funktionstüchtig mit allen Daten überreichte, war der Mann völlig aus dem Häuschen. Denn vorher war er bei vier Reparaturdiensten, die ihm sein Gerät nach drei bis fünf Tagen immer mit derselben Bemerkung zurückgaben: „Da ist nichts mehr zu retten! Kaufen Sie sich ein neues!"

Hätte Ilıcan nicht das Gefühl, dass der Richter sich gerne revanchieren wollte, würde er sich wohl kaum trauen, ihn anzurufen. Der Richter gibt Ilıcan gerne Auskunft. So erfahren die Detektive, welche Beweise sie anstelle von Al-Tripys gesendeten Ausreiseaufträgen an Sebastian bräuchten.

Es sind drei Dinge. Für einen Schuldspruch benötigen sie einen Beleg dafür, dass sich Al-Tripy in dem Kampfgebiet auskennt. Weiß er, wo die radikalen Krieger stationiert sind und informiert er seine Mitstreiter in Deutschland darüber? Das wäre der erste Beweis. Zweitens müsste belegt werden, dass er Kontakte aus Syrien den potentiellen Kämpfern aus Deutschland weitergibt. Der letzte Beweis wäre eine Zeugenaussage. Aber diese zu kriegen, ist mit Abstand am schwierigsten. Leider fällt Sebastian als Zeuge weg, weil sie ihn schützen wollen.

Es ist Sonntag. Taha ist bei dem gewohnten Treffen der 73er. Die machen nicht den Eindruck, als wollten sie noch einmal zusammen übernachten. Taha hört wieder einmal einen Vortrag von Al-Tripy. Im Anschluss fängt er Al-Tripy in der Küche ab: „Ya Scheich, das war 'ne dumme Idee von mir letzte Woche."

„Was meinst du?", Al-Tripy ist unsicher, was Taha ansprechen will.

„Na, das Übernachten. Mir ist erst danach klar geworden, was du meintest mit: Wir die echten Krieger Allahs brauchen jede Minute Schlaf." Die Worte besänftigen Al-Tripy. Schließlich hat Taha ihm diese Aktion eingebrockt.

„Ja, manchmal lernt ihr jungen Leute sehr spät. Deshalb müsst ihr auf euren Scheich hören", verlangt Al-Tripy.

„Du hattest sooo Recht", räumt Taha ein.

„Schon gut, schon gut, Nwankwo!", es ist eine Genugtuung für Al-Tripy, so angehimmelt zu werden.

Dann spricht Taha ein Thema an, das ihm die Tür zu einem der Beweise öffnen soll: „Wen hast du letztens gemeint mit dem alten Krieger? Erinnere ich dich an einen Märtyrer, den du mal in den Kampf geschickt hast?"

Al-Tripy schüttelt den Kopf: „Nein, nein. Ich dachte an mich!" Er schließt die Kühlschranktür wieder, nachdem er sich eine Flasche Saft genommen hat.

„Ach, schade", tut Taha einen auf enttäuscht, um Al-Tripy zu ködern.

Gerade wollte Al-Tripy einen Schluck aus dem Glas nehmen. Da legt er es wieder ab: „Schade? Bist du nicht stolz, wenn ich dich mit mir vergleiche?", fragt Al-Tripy mehr empört als neugierig.

„Doch schon. Aber seit einiger Zeit habe ich einen großen Traum", auf diese Weise will Taha Al-Tripy ködern.

„Was für einen Traum?", Al-Tripys Interesse ist getriggert.

„Ich bin bereit für den Dschihad!" Was Al-Tripy nicht weiß: Taha ist wirklich bereit für den Dschihad. Und zwar für den besten Dschihad. Dieser ist ein wahres Wort gegenüber einem Unterdrücker, sagte der Prophet (s). Für Taha ist Al-Tripy genau das: ein Unterdrücker, weil er Seelen, die keine Ahnung vom Islam haben, manipuliert. Er erlaubt ihnen keine Fragen. Er unterwirft sie, indem er behauptet, dass nur er weiß, wie ihre Seelen gerettet werden können. Wer nicht gehorcht, wird unter Druck gesetzt. Das bei der Spendenaktion letztens war noch harmlos.

Al-Tripy nippt nachdenklich an seinem Glas: „Eigentlich sah ich dich eher als meinen Stellvertreter und Nachfolger. Bis jetzt hat mir immer einer gefehlt mit Köpfchen. Dawud ist zu emotional. Das habe ich den anderen auch schon gesagt. Aber ich verstehe deinen Traum. Wer will nicht in den Dschihad?"

Wie schlecht Al-Tripy heucheln kann. Erstens würde er es selbst nie wagen zu kämpfen. Zweitens denkt er in Wirklichkeit daran, wie gut Nwankwo bei der Terrororganisation in Syrien ankommen würde. Er würde nie im Leben so einen Loser wie Sebastian schicken. Solche wie er sind eh nur als Kanonenfutter vorgesehen. Nwankwo könnte auch in Syrien Karriere machen, so clever und stabil wie der Junge ist. Dann verdient er persönlich, Al-Tripy, den Dank und Ruhm. Und drittens wird er Taha los.

Mittlerweile ist er nämlich neidisch darauf, wie beliebt Taha bei den anderen 73ern geworden ist. Das hat er spätestens während der Übernachtung gemerkt. Er sieht in ihm immer mehr einen Konkurrenten.

„Das heißt, du stimmst meinem Wunsch zu?", fragt Taha gespielt aufgeregt.

„Ich lass mir die Sache durch den Kopf gehen."

Zwei Tage später machen Taha, Amin, Ilıcan und Karim einen Ausflug. Sie fahren zum Schwetzinger Schloss. Dort steht im Garten die Rote Moschee. Ende des 18. Jahrhunderts wurde sie gebaut. Die adligen Bauherren wollten mit der Moschee zeigen, wie weltoffen sie sind. Vielleicht fanden sie die Architektur der Moschee aber auch einfach nur schick. Gebetet wurde in dem Bau zunächst nicht. Erst hundert Jahre später nutzten französische Kriegsgefangene, die ursprünglich aus Nordafrika stammten, die Räume für ihren Gottesdienst.

Weil Malik schon tausend Mal da war und sich Zeit für einen Artikel in der Schülerzeitung nehmen möchte, ist er zu Hause geblieben. Er will bekannt machen, wie wenig Deutschland tut, um den jungen Demokraten zu helfen, und gleichzeitig sogar Waffen an bestimmte Diktaturen liefert. Für den Artikel sucht er nach Informationen über die Technologieunternehmen Tiemenez und Crovitor.

Er ist überrascht, dass zu diesen Konzernen weit verbreitete Internetanbieter gehören nur unter anderem Namen. Die Verbindungen legt Malik in dem Bericht offen. Und er geht noch einen Schritt weiter. Er schreibt: „Wer über diese Anbieter ins Internet geht, sollte sich klarmachen, dass er gleichzeitig das Abhören, die Beschattung und Verfolgung politischer Gegner in Ländern wie Syrien unterstützt." Anschließend ruft er seinen Geschichtslehrer an, um zu fragen, ob es okay wäre, zu einem Boykott der Firmen aufzurufen. Die Internetverträge bei diesen Anbietern sollten gekündigt werden. Zum Glück sieht Maliks Lehrer das genauso, er gibt ihm grünes Licht.

Die anderen vier Detektive sind gerade auf dem Weg von Schwetzingen zurück, als Tahas Telefon klingelt. „Jungs, seid mal leise, das ist Al-Tripy", Taha nimmt den Anruf entgegen: „Ja, hallo?"

„Assâlamu alaykum Nwankwo, hier ist dein Scheich. Ich habe darüber nachgedacht, ob ich dich wirklich in den Dschihad schicke." Währenddessen hampelt Amin vor Tahas Nase herum und mimt mehrere Jubelposen von Fußballern nach. Jetzt springt er in die Luft, dreht sich um die eigene Achse und landet mit dem Rücken direkt vor Taha. Der ist sauer, weil es jetzt ernst wird. Er muss gut zuhören und darf auf keinen Fall lachen. Deshalb gibt er Amin von hinten einen Tritt und zeigt ihm einen Vogel.

Ilıcan nimmt Amin zur Seite: „Ich glaube, Al-Tripy beißt gerade an. Also hör auf mit den Faxen!" Ilıcan, Karim und Amin starren Taha an. Als sie die Straßenseite wechseln, bleibt Taha mitten auf der Fahrbahn stehen. Zum Glück kommt gerade kein Auto. Taha nickt ein paar Mal, was auch immer das zu bedeuten hat. Nur einmal sagt er selbst etwas: „Biiznillâh". Ilıcan sieht aus der Ferne ein Auto kommen, deshalb hakt er sich bei Taha ein und schiebt ihn wortlos auf den Gehweg. Dann ist das Gespräch beendet. „Und?", fragt Amin.

„Noch nichts Sicheres. Ich soll um 19 Uhr zu ihm nach Hause. Er hat was Wichtiges mit mir zu besprechen." Dong! Es geht in die letzte Runde des Falls.

„Was hatte das ‚Biiznillâh' zu bedeuten?'", Ilıcan ist neugierig.

„Er hat mich gefragt, ob ich wirklich bereit bin für den Dschihad. Der wird sich noch wundern. Ich bin sowas von bereit für den Dschihad!"

Amin reibt sich die Hände: „Er hat dich gefragt! Das ist doch schon der Beweis!"

„So einfach ist es leider nicht", Ilıcan muss leider die Stimmung wieder drücken: „Al-Tripy müsste ihn schon ganz klar nach Syrien schicken. Alleine die Frage reicht nicht. Außerdem haben wir auch noch keine anderen Beweismittel. So würde vor Gericht nur Aussage gegen Aussage stehen."

Am Abend möchte Al-Tripy Taha seelisch auf die Ausreise vorbereiten. Als sie sich um 19 Uhr treffen, schildert Al-Tripy ausführlich über die Lage in Syrien. Die Hälfte ist gelogen. Es klingt eher nach einem neuen Spiel für die Playstation als nach der Wahrheit.

Er erzählt nichts davon, dass Taha in Syrien wochenlang nur trockenes Brot essen müsste, oder dass dort die Malaria immer mehr Menschen dahinrafft. Al-Tripy verschweigt, dass die Zelte nicht vor der eisigen Kälte schützen, dass die Einheimischen sie hassen, und dass unter den radikalen Kriegern selbst gewaltsame Konkurrenzkämpfe ausgebrochen sind. Es gibt wochenlang keinen Strom, kein fließendes Wasser und wie soll er sich verständigen? Er und die anderen Krieger sprechen nicht dieselbe Sprache.

Stattdessen erzählt Al-Tripy davon, welche Harmonie bei den Kämpfern angeblich herrsche. Militärisch seien sie bestens ausgerüstet. Der Sieg stehe kurz bevor. Bei der Info, dass man einige Frauen zu Sklavinnen gemacht habe, kichert er ekelhaft. Kurz: Nach Al-Tripys Meinung sei da unten das Reich Gottes auf Erden.

Taha tut so, als glaube er die Geschichten aus 1001 Nacht. Immer wieder hakt er geschickt nach: Ist es da bergig? Wie weit ist es von einem Dorf zum anderen? Wo liegen die Einheiten der Feinde? Taha weiß genau, wozu er Al-Tripy bringen will. Und so kommt es dann auch. Al-Tripy geht zum Computer und druckt eine Karte von Syrien aus.

Sie stammt aus einer Zeit vor dem Krieg. Auf diese zeichnet Al-Tripy ein, wo sich die verschiedenen Truppen der Radikalen befinden, welche Städte und Dörfer sie als nächstes einnehmen wollen und von wo weitere Waffen geliefert werden. Taha wundert

sich: „Warum hast du die drei Kreuze erst reingezeichnet und dann durchgestrichen?“

Da lacht Al-Tripy grausam: „Das waren Kirchen, die haben unsere Brüder in Brand gesetzt.“ Taha ist ein guter Schauspieler, aber in diesem Moment mitzulachen, bringt er nicht übers Herz. Am liebsten würde er ihn fragen, ob er die Karte dem Kalifen Abû Bakr (r) auch zeigen würde. Der hatte nämlich streng verboten, Gotteshäuser anderer Religionsgemeinschaften zu beschädigen.

Bevor Al-Tripy das Gespräch beendet, gibt er Taha Hausaufgaben: „Nwankwo, wenn du wirklich nach Syrien willst, musst du dich mit der Lage dort unten vertraut machen. Nimm die Karte mit und studiere sie!“

Taha: „Oh, danke mein Scheich. Die Karte wird mir bestimmt super helfen.“ Das stimmt, denn dieses Beweisstück werden Taha und die Detektive vor Gericht präsentieren. Studieren wird Taha die Karte aber nie im Leben. Aus der nächsten Nummer kommt Taha allerdings nicht so leicht heraus. Al-Tripy: „Bevor es nach Syrien geht, brauchen wir noch was von dir!“

Taha: „Von mir?“

Al-Tripy: „Ja, wir müssen sicher gehen, wie weit du wirklich für diese heilige Sache gehen würdest! Die da drüben verlangen das. Früher haben sie schlechte Erfahrungen gemacht mit Kriegern, die – kaum haben sie einen Fuß über die Grenze gemacht – schreckliches Heimweh bekamen“, amüsiert sich Al-Tripy. Sofort schießen Taha schreckliche Bilder durch den Kopf.

Während er erzählt, was er genau meint, wächst Tahas Empörung und Hass. Er würde Al-Tripy am liebsten an die Gurgel gehen für das, was er von ihm verlangt. Und dann sagt er auch noch so möchte-gerne-großzügig: „Aber am Ende kannst du dir selbst aussuchen, was du machst. Hauptsache, es ist heftig. Du hast dafür zwei Tage Zeit!" So verabschieden sie sich.

In Taha steckt so viel aufgeladene Wut, dass er die Treppen nach unten springt und zum Treffpunkt mit den anderen ins Einkaufszentrum sprintet. Dabei stöhnt er mehrmals laut auf und blickt zum Himmel. Die Jungs sitzen schon auf einer Bank. Taha kommt gleich zur Sache: „Erst die gute oder erst die schlechte Nachricht?"

Amin ist ein positiver Typ, er will zuerst die gute. „Schaut her, ich habe eine Karte von Syrien. Al-Tripy hat hier alle Gebietseroberungen des sogenannten Heiligen Kalifats eingetragen. Ich soll sie auswendig lernen."

Amin ruft voller Freude: „Bombe! Allahu akbar. Das ist das erste Beweismittel!"

Malik blickt peinlich berührt nach rechts und nach links: „Amin, kannst du dir mal bitte diese Bombe abgewöhnen. Dann auch noch in Verbindung mit Allahu akbar und einem vollen Einkaufszentrum!"

Ilıcan ist genauso aufgebracht: „Stell dir mal vor, der Wachschutz kriegt das mit. Die filzen uns. Was finden sie bei Taha? Eine Karte von Syrien mit Einzeichnungen der Radikalen!" Nachdem Amin es zum Glück verstanden hat, berichtet Taha von der Aktion, die von ihm erwartet wird. Natürlich sind die anderen genauso entrüstet wie er. „Dann sollst du einen Anschlag verüben, so wie es Sebastian auf den Soldaten getan hat?", vergewissert sich Ilıcan noch einmal.

„Ja, so oder so etwas Ähnliches. Je brutaler, desto besser! Ich könnte ihn würgen", bei dem Wort greift Taha Amins Hals und schüttelt ihn.

Für Ilıcan ist die Sache klar: „Leute, bis hierher und nicht weiter. Wir sind tausend Gefahren eingegangen. Karim hat die 73er beinahe gegen sich aufgebracht, Taha ist nachts an Al-Tripys Computer, wir waren an der Grenze zu Syrien. Aber hier ist Schluss!"

Die anderen können sich eine solche Aktion bei allem Ehrgeiz, Al-Tripy zu kriegen, auch nicht vorstellen. Wie könnten sie einen Anschlag vor Allah rechtfertigen? Selbst wenn sie dadurch noch viel größeres Leid verhindern würden. Unmöglich! Amin fällt etwas ein: „Taha könnte mich doch verprügeln! Wir trainieren vorher, so dass es nach außen echt aussieht. So wie beim Wrestling."

Taha: „Die Idee ist gut. Aber warum soll ich gerade dich verprügeln? Die 73er werden mich das fragen." Eine Antwort will ihnen nicht einfallen. „Dann machen wir das eben mit mir", schlägt Karim vor: „Die hassen mich doch sowieso. Das glauben die bestimmt."

Jetzt ist Amin derjenige, der Bedenken hat: „Aber die Aktion soll in zwei Tagen laufen. So schnell kriege ich dich dafür nicht trainiert."

Taha wollte gerade die Idee einbringen, noch einmal bei dem Soldaten dieses Schauspiel zu veranstalten. Aber dann nimmt er doch wieder Abstand von der Idee. Das können sie ihm nicht antun. „Vielleicht muss sich Taha nicht direkt die Hände schmutzig machen", meint Malik nebulös.

„Was meinst du?", Amin kann sich keinen Reim auf Maliks Worte bilden.

Malik wiederholt nochmal: „Die Aktion sollte krass sein, richtig?“ Taha nickt. Malik wiederholt weiter, was Taha schon erzählte: „Sachschaden oder Verletzte wären gut, ne?“ Taha macht ein Gesicht, als ob er bezweifeln würde, dass Malik noch alle Çay-Gläser im Schrank hat.

Malik interpretiert: „Am besten bei einer Person, die für den Westen steht. So wie bei dem Soldaten?“ Jetzt halten die anderen Detektive Malik für völlig übergeschnappt.

„Richtig oder nicht?“, will Malik wissen.

„Ja, schon. Aber was hast du vor?“, fragt Taha ungeduldig.

Malik: „Lasst mich mal ein Telefonat führen. Wenn das klappt, wirst du Al-Tripy das alles liefern: Das richtige Opfer und großen Schaden.“ Manchmal wirkt Malik auch auf seine Freunde unheimlich.

Die Jungs haben allerhand zu tun. Morgen wollen sie noch etwas für die Freiheitsbewegungen in muslimischen Ländern unternehmen und übermorgen soll Taha die Aktion durchführen. Die Detektive von T.A.K.I.M. haben so schon eine Menge für die Menschenrechte in Syrien und anderen Ländern getan: Gebete für die Unterdrückten, einen Artikel in der Schülerzeitung, ein Boykottaufruf und Gespräche mit Politikern. Aber sie wollen mehr.

Nach einiger Vorbereitung sind sie soweit, mit ihrer Kampagne online zu gehen. Unter dem Hashtag #geschwisterfürfreiheit haben sie über hundert Jugendliche aus Deutschland gewonnen, die eine besondere Verbindung mit jeweils Gleichaltrigen aus einem anderen Land eingehen. Diese Partner haben sie auch schon gefunden. Es sind teilweise Freunde, Freunde von Freunden, Verwandte und zum Teil haben sie übers Netz weitere Mitstreiter gefunden.

Zur Kampagne gehört, dass sie sich für das persönliche Schicksal des anderen einsetzen und für die Freiheits- und Demokratierechte im anderen Land kämpfen. Wie das? Sobald Karim zum Beispiel mitbekommt, dass sein Partner in Ägypten auf einer Polizeiwache schikaniert wird, macht er den Fall auf den Kampagnenkanälen bekannt. Er schaltet Politiker und die Presse in Deutschland ein. Wenn jemand wirklich länger ohne gerechten Prozess inhaftiert wird, dann soll dafür gesorgt werden, dass ein Politiker aus Deutschland bei der jeweiligen Botschaft hier Beschwerde einlegt. Notfalls soll der Politiker den Fall vor den Internationalen Gerichtshof für Menschenrechte bringen.

Die ungerechten Herrscher fürchten nichts so sehr wie das Internet, weil sich die Unterdrückten so über ihre Lage austauschen, sich verbinden und verabreden können. Deshalb organisieren die Geschwister im Westen Handy-, Kamera- und SIM-Kartenspenden für ihre Partner.

Auf der anderen Seite können Jugendliche aus Deutschland viel von dem Einsatz und Opferbereitschaft der Freiheitsaktivisten aus muslimischen Ländern lernen. Ihnen wird bewusst, dass sie hier Politiker hart kritisieren können, ohne dafür ins Gefängnis zu wandern. Das ist keine Selbstverständlichkeit. Eigentlich müssten sie sich das immer wieder aufs Neue klar machen. Selbst den Glauben frei zu leben, ist in vielen muslimischen Ländern nicht möglich. #geschwisterfürdemokratie gibt Jugendlichen in Deutschland die Möglichkeit, endlich etwas von hier aus gegen das Unrecht zu tun.

T.A.K.I.M. hofft, dass sich die Kampagne schnell verbreitet. Amin erinnert sich: „Ich habe einmal in einer Moschee in Marokko allein gebetet. In der ersten Raka kam ein weiterer dazu. Der wurde von einem Dritten nach hinten gezogen. Es schlossen sich immer mehr dem Gebet an. Als ich mich am Ende umdrehte, saßen da bestimmt 50 Leute. Wäre cool, wenn das bei der Kampagne auch so läuft." Der Anfang ist auf jeden Fall gemacht.

Am nächsten Abend schleicht Taha im Dunkeln durch eine Siedlung von Einfamilienhäusern. Vor einem grünen Geländewagen nimmt er sich auf. Er hält die Kamera auf das Autokennzeichen. Anschließend geht er zum Tor des Hauses, um das Klingelschild zu filmen: Haaro! Dann geht er zurück zum Auto, wo er sein Handy so am Bordstein aufstellt, dass es aufnimmt, wie er auf dem Rücken liegend unter das Auto rutscht. Dort nimmt er sein Taschenmesser und schneidet einen Schlauch entzwei. Als Beweis schneidet er noch ein Stück ab. Nachdem er wieder hervorgerobbt kommt, hält er den Teil vom Schlauch in die Kamera.

Am nächsten Tag nimmt Ilıcan ein Bild des gleichen Autos direkt an einem Baum auf. Er knippst es von hinten und lädt das Bild hoch. Dazu schickt Haaros Büro eine Pressemitteilung an die Medien. Kurz darauf läuft über die wichtigsten Nachrichtenticker: „Verkehrsunfall +++ Mannheimer Politiker rammt Baum +++ Bremsschläuche durchgeschnitten +++ Seine gesundheitliche Lage noch unklar."

Später trifft Taha Scheich Al-Tripy. Keine Frage, Taha hat mit der Aktion die letzten Zweifel ausgeräumt. Natürlich war alles ein abgekartetes Spiel. Weder Politiker Haaro, noch seinem Auto ist etwas passiert. Taha hatte den zusätzlichen Schlauch die ganze Zeit im Rucksack, Haaro war durch Maliks Anruf von Anfang an eingeweiht und hat sogar selbst ganz vorsichtig das Auto direkt am Baum geparkt. Trotzdem sah der gestellte Unfall auf dem Foto echt aus. Die Detektive haben die Außenspiegel gebogen, Scherben einer Flasche auf dem Dach und der Windschutzscheibe verteilt und ein paar Zweige und Blätter über das Auto gestreut.

Al-Tripy ist darauf hereingefallen. Er amüsiert sich prächtig: „Junge, Junge Nwankwo. Du hast dem Kafir die Bremsschläuche zerschnitten. Genial! Dann auch noch ein Politiker! Ich hätte zu gerne erlebt, wie er verzweifelt aufs Bremspedal tritt. Ha, ha, ha." Taha denkt sich: Das hättest du nur im Auto sehen können und das hättest du bestimmt nicht gewollt.

Dann wird es ernst. Al-Tripy: „Pass auf Taha. Am Donnerstag gehst du zu Dawud ins Geschäft. Er wird dir ein Paket geben. Nimm es entgegen, pass darauf gut auf, aber öffne es nicht! Wir machen es zusammen, wenn wir uns dann abends sehen." In diesem Moment ahnt Taha noch nicht, dass es sich um Beweisstück Nummer zwei handelt.

Zwei Tage später ist der Termin in Dawuds Geschäft. Malik hatte Taha gewarnt. Wer weiß, was in dem Paket steckt. Stell dir vor, das ist eine Bombe. Taha ließ sich aber nicht davon abbringen: „Selbst wenn, die geht doch nicht gleich in die Luft. Al-Tripy wollte mir noch was dazu erklären." So folgen sie Amins Kompromissvorschlag, dass Ilıcan das Paket direkt untersuchen wird, nachdem Taha es in Empfang genommen hat.

Taha war gerade im Geschäft. Jetzt biegt er mit dem Paket um die Ecke und geht zum nächsten Spielplatz. Dort warten die anderen Detektive schon auf ihn. Bis auf Amin. Kein Kind ist da. Zum Glück, sonst würden sie hier die Untersuchung nicht vornehmen. Die Detektive sitzen auf einer Tischtennisplatte im engen Kreis um das Paket, sodass niemand von außen sehen kann, was sich in ihrer Mitte befindet. Das Paket ist groß wie ein Duden.

„Lass mal kurz auf Amin warten. Der müsste gleich kommen", bittet Malik. Sie starren auf das Paket, als ob sich eine Kobra gleich in die Höhe schlängeln würde.

Kurz darauf kommt Amin um die Ecke gesprintet. Er war Holger, den Rocker, bei der Arbeit besuchen. Das hatte er ihm versprochen. „Taha, hast du nicht erzählt, dass dieser Al-Tripy immer eine schwarze Dschalabiya trägt und einen gelben Turban?", fragt Amin.

„Ja, wieso?"

„Jackpot! Der war kurz vor mir in dem Büro", Amin betont Büro so, dass jeder versteht, dass es kein normales Büro war. „Guckt mal, was ich hier habe. Al-Tripy hat das Original. Das ist das Durchschlagpapier." Als die Jungs erkennen, was das ist, können sie es kaum fassen. Auch wenn man mit dem Stück Papier nicht Al-Tripys Straftaten beweisen kann, es wird ihnen noch sehr, sehr nützlich sein. Aber das hebt sich Taha für den Tag auf, an dem er Al-Tripy das letzte Mal in seinem Leben sehen wird.

Dann packt Ilıcan sein Werkzeug aus. Schraubenzieher, Pinzetten, kleine Hämmerchen und dergleichen liegen ausgebreitet auf der Steinplatte. Ilıcan macht sich so vorsichtig an das Paket, dass selbst

eine Ameise, die im Paket schläft, nichts merken würde. Malik würde sich am liebsten verziehen, unter der breiten Rutsche in Deckung gehen. Aber mitgehangen ist mitgefangen!

„Ein Handy!“, erkennt Ilıcan. Er holt es aus dem Paket. Wenn im Handy eine Gefahr sein sollte, dann steckt sie im Akku. Aber Ilıcan gibt kurz darauf Entwarnung. Da ist keine Bombe drin.

„Alhamdulillâh“, Malik ist heilfroh. Verpackt ist das Handy nicht. Es scheint schon einmal benutzt worden zu sein. Taha nimmt es in die Hand. Enthält es Apps, Daten oder irgendetwas, was ihnen weiterhilft? Taha geht zu den Fotos, Videos und in die Nachrichten: „Alles leer.“

„Darf ich mal?“, fragt Amin. Taha gibt es ihm. „Nicht ganz. Hier sind zehn Kontakte eingespeichert“, entdeckt Amin.

„Das ist ja interessant“, kommentiert Malik.

Amin nickt: „Und alle zehn haben den gleichen deutschen Vornamen. Ich ruf mal an.“ Er tut so, als ob er die erste Nummer wählt. Taha will ihm das Handy aus der Hand reißen. Aber Amin ist schneller. „Bist du verrückt? Wer weiß, wer da rangeht? Al-Tripy hat extra gesagt, dass ich das Paket nicht ohne ihn öffnen darf!“, schimpft Taha.

Was hat es zu bedeuten, dass alle den gleichen Vornamen haben? Und noch dazu einen deutschen? Warum will Al-Tripy Taha dieses Handy geben? Malik hat so eine Vorahnung: „Kann ich mal sehen? Nicht dass das Nummern von Zielpersonen sind, um die sich Taha kümmern muss.“ Das wäre mies.

„Wartet doch mal kurz! Jetzt hab ich es“, meckert Amin.

„Okay, dann schau, ob die Nummern mit den typischen Handyvorwahlen beginnen: 0171, 0157, 0163 oder ähnliche.“

„Nein, tun sie nicht. Sie fangen mit 00963 an“, antwortet Amin.

„Das ist die Ländervorwahl von Syrien“, erkennt Ilıcan.

„Mann Amin, gib doch mal jetzt das Handy“, fordert Malik: „Da scheint irgendwas nicht zu stimmen. Zehn deutsche Typen in Syrien, alle mit dem gleichen Vornamen?“

„Warum nicht?“, verteidigt sich Amin.

„Amin, gib jetzt das Handy her!“ Malik steht auf, geht um die Tischtennisplatte zu Amin rüber. Kaum bekommt er es in die Hände, prustet er los: „Amin, Amin, Amin. Deutscher Vorname? Du hast nicht richtig geguckt! Da steht Achi, nicht Achim! Achi Mustafa, Achi Khalid, Achi Zubayr und so weiter.“

Karim checkt als Erster: „Ah, jetzt macht es auch mit den Vorwahlen Sinn! Taha, das sind deine Kontaktpersonen in Syrien!“ Kurz darauf fragt Amin noch einmal in die Runde: „Jetzt mal im Ernst. Was würde passieren, wenn Taha eine Nummer anruft? Vielleicht könnte er herausbekommen, wer die Typen sind.“

„Ja, das würde schon weiterhelfen. Aber ich kann mir vorstellen, dass Al-Tripy drüben erstmal ankündigen muss, dass Taha sich meldet. Vorher gehen die wahrscheinlich bei fremden Nummern nicht ran. Die müssen höllisch aufpassen“, spekuliert Karim. Das macht Sinn. Aber allein, dass es sich um Vorwahlen aus Syrien handelt, macht die Sache eindeutig. Was für Kontakte sollte Al-Tripy Taha sonst geben?

Während Malik das Handy Taha gibt, meint er: „Tamam. Theoretisch könnte doch Taha morgen nach Syrien ausreisen. Er hat die Karte, um sich zu orientieren und er hat die Kontakte. Reicht das nicht vor Gericht? So kann er doch als Zeuge auftreten! Warum noch weiter mit dem Feuer spielen?“

Ilıcan ist sich nicht sicher: „Um Al-Tripy wirklich ausreichend zu belasten, brauchen wir einen Zeugen, der bestätigt, wie er Taha nach Syrien schickt, oder“, Ilıcan überlegt einen Moment, „oder wir nehmen es irgendwie auf. Bis jetzt hat Al-Tripy sich vor der unmissverständlichen Aufforderung immer gedrückt. Wahrscheinlich, weil er noch weiter prüft, wie ernst es Taha ist. Aber wir kommen immer näher. Vielleicht ist es ja schon heute Abend so weit, wenn Al-Tripy bei sich zu Hause Taha empfängt.“ Ilıcan nimmt sich das Handy und zeigt es nochmal allen: „Und immerhin haben wir hier Beweisstück

Nummer zwei! Dada.“ Dann packt Ilıcan das Handy wieder ein und verschließt das Paket wieder so, als wäre es nie geöffnet worden.

Bei Malik zu Hause bereiten sie alles für Tahas alles entscheidende Treffen mit Al-Tripy vor. Dazu muss Dr. Smartphone Taha eine Minikamera und Minimikrofon so anstecken, dass Al-Tripy es nicht sieht: „Wo ist der beste Platz?“

Amin: „Kleb‘s ihm doch auf die Brust. So machen die das im Film auch immer.“

„Ja, aber auch nur im Film. Erstens wäre der Ton miserabel und zweitens: Wie soll die Kamera durch seinen Pullover aufnehmen?“, Ilıcan zieht als Beweis den Kragen seines Pullovers kurz über die Augen.

Stattdessen versucht er die beiden winzigen Geräte an einer Gebetsmütze anzubringen. Keine Chance, der Stoff verrutscht. Die Kamera und das Mikro sind zwar kaum größer als ein Maiskorn, wiegen aber zu schwer.

Malik verschwindet kurz nach oben. Wieder unten ruft er: „Schaut mal, was ich von meinem Dede habe. Damit könnte es doch klappen.“

Karim staunt: „Nicht schlecht, ein echter osmanischer Fes? Von deinem Großvater?“ Ilıcan nimmt den fast 15 Zentimeter hohen, kegelförmigen Hut und tastet die dunkelrote Oberfläche aus Samt prüfend ab: „Fest genug ist er. Dazu die schwarzen Kordeln oben auf dem Deckel – die sind eine gute Tarnung. Da könnte ich Mikro und Kamera verstecken.“

Weil das Mikrofon hypersensibel ist und auf jede Erschütterung reagiert, klebt er die Kordel mit dem Mikrofon vorsichtig an den Filz: „Taha, du musst den Fes immer ganz vorsichtig aufsetzen und abnehmen. Für die Aufnahme wäre es schlecht, wenn der Klebstoff sich löst. Außerdem könnte es auffallen. Denk daran: Die Kamera und das Mikrofon nehmen es live auf. Und durch die Übertragung kriegen wir alles mit." Auch Malik gibt ihm noch etwas mit auf die Reise: „Dräng ihn nicht zu sehr das alles Entscheidende zu dir zu sagen. Wenn er es heute nicht macht, inschallah die nächsten Tage."

Maghrib, die Zeit zum Abendgebet hat gerade begonnen, als Taha die Wohnung Al-Tripys betritt. Mit so einer Reaktion hat er nicht gerechnet. Al-Tripy amüsiert sich übertrieben, als er Taha die Tür öffnet: „Nwankwo, wie siehst du denn aus, alter Osmane? Muslime feiern kein Fasching!" Vor lauter Belustigung hätte Al-Tripy fast vergessen, Tahas Handy abzunehmen und in das Regal zu stellen.

Taha nimmt Al-Tripy den Spruch übel. Wenn nicht so viel auf dem Spiel stände, würde er direkt zurückgeben, dass Al-Tripy mit seiner schwarzen Dschalabiya und dem gelben Turban bei Fasching auch gut als Hummel durchgehen würde. So sagt er nur: „Mach dich nur lustig! Immerhin trugen die letzten echten Kalifen der Umma so einen."

Nun schaut Al-Tripy den Fes auf Tahas Kopf anders an: „Das ist interessant." Dann fragt er etwas, das Tahas Herz in die Hose fallen lässt: „Gibst du ihn mir?" Oh nein! Wenn Al-Tripy den Fes in den Händen hält und sich genau anschaut, könnte er die Kamera und das Mikro entdecken! Was würde Al-Tripy dann mit ihm anstellen? K.O. hauen, einen Sack über den Kopf und eigenhändig im Transporter nach Syrien bringen?

Tahas einzige Idee die Situation zu retten: „Du hast mich doch gerade noch ausgelacht!" Aber sie zieht nicht. „Komm, sei nicht nachtragend!", bittet Al-Tripy. Taha bleibt nichts anderes übrig, als den Fes abzunehmen und Al-Tripy zu reichen.

Der nimmt seinen gelben Turban ab und setzt sich den Fes auf. Dabei sieht Taha, wie die Kordel sich löst! Sie fliegt zur Seite und schwingt wieder zurück. Dabei landet ihr Ende mit dem Minimikrofon wieder auf dem Samt. Taha erwartet einen dumpfen Ton, deshalb nimmt er ihn auch extrem wahr. Hat Al-Tripy das bemerkt?

Anscheinend nicht, denn der geht zum Spiegel und betrachtet sich: „Nicht schlecht", dann spielt Al-Tripy eine Szene vor einem ausgedachten Publikum. Wahrscheinlich träumt er wirklich von so etwas: „Ya Gemeinschaft der Muslime, ich nehme euren Treueeid als neuer Sultan Abu Halal Al-Tripy an! Ich danke Allah und ich danke meinen Eltern Hania Jemnah und Jibriel Jemnah."

Taha kann kaum glauben, was er da sieht. Dann kommt Al-Tripy wieder zurück auf die Couch. Er überlegt laut: „Mmmm, vielleicht besorge ich mir auch einen." Taha atmet erstmal tief durch. Seine größte Befürchtung, dass Al-Tripy vor dem Spiegel Kamera und Mikro entdeckt, ist nicht eingetreten. Doch noch ist die Gefahr nicht gebannt. Fürs Erste behält Al-Tripy den Fes auf dem Kopf. Spätestens wenn er ihn zurückgibt, wird es brenzlig.

Taha hört Al-Tripy nur mit halbem Ohr zu. Neben dem Problem, dass er immer noch enttarnt werden könnte, plagt ihn die Sorge, dass etwas mit der Aufnahme nicht klappt. Den Aufprall von vorhin wird das kleine Mikrofon kaum überlebt haben. Und was hat er davon, dass die Kamera jetzt ihn aufnimmt?

Endlich beginnt Al-Tripy mit dem eigentlichen Thema, weshalb er Taha heute treffen wollte: „Hast du das Paket von Dawud bekommen?"

„Ja, hier ist es." Taha holt den wieder verpackten Karton aus seinem Rucksack heraus. Al-Tripy öffnet ihn, nimmt das Handy raus und gibt es Taha: „Nwankwo, nimm das!"

Taha macht auf ahnungslos: „Ein Handy? Was soll ich damit?"

„Da sind alle wichtigen Kontakte drin, die du in Syrien brauchst." Dann erklärt er Taha, welche Kontaktpersonen hinter den einzelnen Ahis steht: „Ahi Mustafa ist deine erste Kontaktperson, Ahi Khalid ist für Transporte zuständig, Ahi Zubayr Nachschub und Ahhi Suhayb bei Verwundungen."

Taha möchte für die Aufnahme – wenn sie denn den Aufprall überlebt hat – noch ein bisschen mehr aus Al-Tripy herauskitzeln: „Ya Scheich, warum haben wir nicht einfach mein Handy genommen?"

Al-Tripy schmunzelt: „Nwankwo, du musst in nächster Zeit sehr, sehr vorsichtig sein. Ich gehe davon aus, dass dein Handy längst abgehört wird." Taha reagiert erstaunt. „Ja, aber mach dir keine Sorgen. Ich achte schon darauf, dass wir am Telefon nichts Heikles besprechen", beruhigt Al-Tripy.

Noch einmal prüft Al-Tripy, wie ernst es Taha mit der Ausreise ist. Taha erzählt die ausgedachte Lebensgeschichte von Nwankwo. Am Ende versichert er: „Glaub mir, Scheich, hier hält mich nichts mehr. Meine Familie ist für mich gestorben!" Darauf sagt Al-Tripy die allesentscheidenden Worte: „Ich bin einverstanden. Ich schicke dich zum Dschihad nach Syrien. In einer Woche wirst du fliegen" Währenddessen blickt Taha auf Al-Tripys Kopf in der

Hoffnung, dass das Mikro alles aufgenommen hat. Für Al-Tripy wirkt der Blick wie ein sehnsüchtiger, verträumter Blick in das Schlachtfeld von Syrien: „Geduld, mein lieber Schüler, noch bist du nicht da! Am Sonntag feiern wir noch deinen Abschied mit den Brüdern“, Al-Tripy erhebt sich: „Komm, ich bringe dich zur Tür.“ Anscheinend hat er nicht daran gedacht, dass er den Fes immer noch auf dem Kopf hat. Taha hat keine Wahl, er muss ihn daran erinnern. Al-Tripy kann unmöglich die Kopfbedeckung bei sich behalten!

Taha zeigt auf den Fes: „Scheich, meinst du, ich könnte den mit in den Kampf nehmen?“

„Ach, habe ich ja fast vergessen. Nwankwo, du kannst ihn mitnehmen! Aber in deinen letzten Wochen hier in Deutschland solltest du ihn nicht tragen. Wie ich dir sagte, du darfst nicht auffallen!“

Kaum aus der Wohnung, stürmt Taha los in Richtung Maliks Haus. Er ist sauer auf sich, macht sich Vorwürfe, betet zu Allah: „Bitte lass es mich nicht wieder vermasselt haben!“ Dabei konnte er nichts dafür, dass es keine Nachrichten auf dem Computer gab. Warum fühlt sich Taha so extrem unter Druck? Ist es, weil er für kurze Zeit Al-Tripys Meinung über Bida plausibel fand?

Bei Malik angekommen, denkt Taha gar nicht daran, die anderen Detektive in Ruhe zu begrüßen. Völlig außer Atem kommt er direkt zum Punkt: „Die Aufnahmen sind futsch, oder? Was sieht man? Konntet ihr was hören?“, ohne dass er den anderen Jungs Zeit zum Antworten lässt, gibt er enttäuscht von sich: „Ich hab’s wieder verbockt!“

„Nein, komm mal runter!“, beruhigt ihn Ilıcan: „Die Aufnahmen sind der Hammer!“

„Wie der Hammer?“, Taha ist irritiert.

Dann erzählt Malik schmunzelnd, dass sie alles live miterlebt haben. „Das war aufregender als das Elfmeterschießen im WM-Finale. Wie der Typ sich vor dem Spiegel auch noch persönlich vorstellte. Von wegen Sultan und so“, lacht Amin.

„Und mit dem Ton ist auch alles in Ordnung“, versichert Ilıcan. Von Taha fällt eine Riesenlast. Das war der dritte und letzte Beweis, der noch nötig war: Der Auftrag zur Ausreise ins Kriegsgebiet als Video.

TAHA IM BESTEN DSCHIHAD

Bevor die Detektive das Beweismaterial der Polizei übergeben, geht Taha zu seiner Abschiedsfeier bei den 73ern. Es ist Sonntag. Er fühlt sich für diejenigen verantwortlich, die Al-Tripy einfach nur hinterherlaufen und nicht die Chance hatten, den wirklichen Islam kennenzulernen. Diese Mitläufer könnte Taha überzeugen.

Al-Tripy wollte den Abschied von Taha alias Nwankwo nach Syrien feiern. Nun hält er eine Rede auf Nwankwo, in der er von seinem Mut, seiner Intelligenz und Entschlossenheit schwärmt. Am Ende wiederholt er noch einmal das, was er Taha nur mal unter vier Augen gesagt hat: „Wäre es nicht dein persönlicher Wunsch nach Syrien zu gehen, wallahi, du wärst der richtige Nachfolger von mir. Noch nie ist mir der Abschied von einem Kämpfer so schwergefallen!" Darauf rufen die anderen wie aus einer einzigen Kehle: Allahu akbar.

Dann bittet Al-Tripy Taha, auch noch etwas zum Abschied zu sagen. Taha schaut nach rechts. Da sitzen auf einem Sofa vier 73er so eng nebeneinander, dass ein schmaler Typ fast auf dem Schoß seiner Nachbarn sitzt. Er versucht, sich mit den Hüften irgendwie Platz zu machen, was nicht gelingt. Der rechts von ihm meckert: „Psst, hör doch mal auf.

Ich will mitkriegen, was Nwankwo sagt!" Daraufhin sitzt der arme Kerl schief auf einem Oberschenkel.

Mittlerweile war Taha schon ein paar Mal in diesem Wohnzimmer. Jedes Mal fragte er sich, was hier nicht stimmt. Irgendetwas fehlt doch. Während er sich umschaut, fällt es ihm auf: Es gibt weder Bilder noch ein Bücherregal. Nicht ein einziges Buch liegt irgendwo herum. Gegenüber von ihm sind Fenster mit dunklen Vorhängen, rechts das Sofa, links die kahle Wand.

Al-Tripy hat noch fünf Stühle an die linke Seite gestellt. Zwischen den Stühlen hockt jeweils ein weiteres Mitglied auf dem Boden. Taha muss schmunzeln. Sie blicken fast ehrfurchtsvoll hoch zu ihm. Al-Tripy nimmt noch einmal Augenkontakt zu Nwankwo auf und blinzelt ihm zu, als wolle er sagen: Du bist dran, nimm Abschied von deinen Brüdern. Doch Taha erkennt Al-Triypys geheuchelte Mimik.

Taha denkt an den Propheten Mûsâ (a). Dessen Duâ aus der Sure Tâhâ spricht er jetzt: „Mein Herr, weite mir meine Brust, und mache mir meine Angelegenheit leicht. Und löse den Knoten meiner Zunge, so dass sie meine Worte verstehen.'" Die 73er staunen, was Nwankwo in so kurzer Zeit alles gelernt hat. Keiner kannte das Duâ und keiner von ihm weiß, dass Mûsâ (a) dieses Duâ machte, bevor er vor dem tyrannischen Pharao sprach.

Dann beginnt Taha die wichtigste und beste Rede, die er bis dato gehalten hat: „Liebe Geschwister, mein ganzes früheres Leben war bâtil, ich war für nichts gut. Als ich mich vor Monaten auf die Suche nach der Wahrheit begab, wer beantwortete meinen Hilferuf im Internet?", Taha gibt selbst die

Antwort, nicht ohne dabei die Runde mit der Hand aufzufordern, mit einzustimmen: „Unser Scheich Al-Tripy."

Taha setzt seine Rede fort: „Auf dem Weg zur Wahrheit, das wisst ihr, gibt es viele Dornen und Hindernisse. Es gibt Neider und Feinde. Fast wäre ich auf einen Neider reingefallen. Ihr habt ihn kennengelernt: Vijay, meinen Klassenkameraden. Wer hat mir gezeigt, was für ein Feind Allahs Vijay wirklich Ist?" Innerlich schämt er sich für diese Worte.

Die 73er stimmen wieder mit ein: „Unser Scheich Al-Tripy." Das gemeinsame Rufen verbindet die 73er, es gibt ihnen das Gefühl von Stärke. Wir sind unaufhaltsam, denkt so mancher. Der tut einen auf bescheiden, indem er den Kopf schüttelt, nach dem Motto: Ach, Quatsch, das war ich doch nicht! Obwohl er in Wahrheit nach mehr von den Komplimenten lechzt. Und er kriegt mehr.

„Früher war ich verblendet. Der Westen hat mir vorgegaukelt, was cool ist. Rap-Musik, Fast Food, T-Shirts mit bekloppten Sprüchen, selbst mein Irokesen-Haarschnitt war in Wirklichkeit nur peinlich. Wer hat mir gezeigt, dass das alles haram ist?" Da lachen sie und wie aus einer Kehle heißt es: „Unser Scheich Al-Tripy."

Noch drei Fragen hat Taha im Kopf, bevor er die alles entscheidende Frage stellen wird. „Ich habe euch von meiner Mutter erzählt. Sie sperrte mich ein, drohte mir, sich was anzutun, wenn ich weiter zu euch, meiner echten Familie, gehen würde. Wem habe ich zu verdanken, dass ich mich endlich von ihr lösen konnte?"

Mittlerweile krakeelen die 20 jungen Männer wie Fans im Fußballstadion: „Unser Scheich Al-Tripy."

Der eine auf dem Stuhl links von Taha hat schon die Beine übereinandergeschlagen, als müsse er dringend auf Toilette. Aber er will auf keinen Fall etwas verpassen. „Ich hatte diese komische Idee mit der Übernachtung in Kopf. Ich gebe zu, ich war auf den falschen Internetseiten. Kennt ihr die Geschichte von Alis (r) Söhnen Hasan (r) und Husayn (r), die einem älteren Sahâba nicht direkt sagten, dass er beim Wudu einen Fehler macht? Stattdessen machten sie es ihm richtig vor, wie Wudû genommen wird. Wer hat mir mit der gleichen Weisheit wie die Enkelkinder des Propheten (s) beigebracht, dass dieses Aufstehen in der Nacht nichts bringt?“, dann fragt Taha noch eindringlicher: „Von wem habe ich gelernt, dass wir uns in Acht nehmen müssen vor den falschen Möchte-Gern-Muslimen und ihren Themen, die nur ablenken?“

Die 73er schmettern wieder den Namen ihres Gurus: „Unser Scheich Al-Tripy!“. Der fühlt sich wie ein Walî, ein Allah besonders naher Freund. Aber er winkt bloß pseudo-bescheiden ab. Jetzt hat Taha deutlich gemacht, dass er selbst Al-Tripy immer blind vertraut hat wie alle 73er. Um dieses Gefühl ein letztes Mal noch zu verstärken, fragt Taha: „Wer hat vorhin gesagt, dass ich sein Nachfolger sein könnte?“ Die 73er verstehen noch nicht, worauf Taha hinauswill, trotzdem sprechen sie: „Unser Scheich Al-Tripy.“

Die 73er merken, dass jetzt noch ein großes Finale kommen muss. Aber was? In dem Zimmer ist es still wie bei einer Preisverleihung, wenn es heißt: And the winner is... Auch Taha holt auf einmal einen Briefumschlag aus seiner Tasche. Was steckt da drin? Ist es sein Testament? Will er Al-Tripy zum

Erben machen, falls er in Syrien umkommt? Taha zieht einen kleinen Zettel aus dem Umschlag und fragt: „Das hier ist ein Wettschein! Der Wetteinsatz beträgt genau 8.914 Euro und 23 Cent. Kommt euch die Summe bekannt vor? Auf wen ist der Wettschein wohl ausgestellt?“

Taha hält den Wettschein in die Höhe und dreht sich zu Al-Tripy. Er schaut ihn fest in die Augen. Die 73er wissen es natürlich nicht.

„Al-Tripy, weißt du es vielleicht?“ Der wippt von einem Bein auf das andere. Schweißperlen rennen aus dem Nichts sein Gesicht hinunter. Er stottert:

„Woher soll ich das wissen?“

„Das können wir dir verraten“, verspricht Taha, worauf er den Zettel einem 73er zum Vorlesen gibt. Taha tippt auf die Stelle, auf dem ein Name steht. Der 73er liest vor: „Hassan Jemnah“, der eigentliche Name von Al-Tripy. Taha macht es nochmal allen klar: „Unser Scheich Al-Tripy. Leider.“ In dem Moment sackt der Wanna-Be-Scheich einfach in sich zusammen. Wäre Taha nicht gewesen, wäre sein Kopf voll auf den Boden geschlagen. Da liegt er: schamlos, sprachlos und bewusstlos.

An seinem Kopfende sitzt Taha. Um die beiden herum stehen ein paar 73er. Sie checken seinen Atem. Alles ok. „Wahrscheinlich wird er gleich wieder zu sich kommen. Macht euch keine Sorgen“, gibt Taha Entwarnung. Während die anderen wieder ihre Plätze einnehmen, richtet sich Taha an die ganze Runde: „Liebe Brüder, ihr wart selbst Zeugen davon, wie eng Al-Tripy und ich waren. Ihr könnt euch vorstellen, wie enttäuscht ich war, als ich erfahren musste, dass der Scheich wettet. Wisst ihr noch, wie wir zusammen genau 8.914 Euro und 23 Cent an Spenden sammelten? Die hat Al-Tripy verzockt!“

Von zwei, drei Anwesenden hört man, wie sie bei Allah Zuflucht suchen vor dem verfluchten Schaytan. Andere schütteln nur den Kopf. Einer kann nicht mehr an sich halten, steht auf, geht zu dem bewusstlosen Al-Tripy und spuckt ihn an. „Lass das“, befiehlt ihm Taha. Der Typ setzt sich wieder. Taha: „Ich weiß nicht, was in ihn gefahren ist, aber ich befürchte, dass sich der Scheich in letzter Zeit verändert hat.“

„Das ist nicht mehr mein Scheich“, sagt der Typ von vorhin. Andere schließen sich an: „Das hätte ich nie von ihm gedacht“, „Wetten ist keine kleine

Sache!“ Al-Tripy liegt immer noch da. Taha merkt, dass er aufgewacht ist, aber sich immer noch bewusstlos stellt. Kein Wunder, sonst müsste der Feigling jetzt ganz schön unangenehme Fragen beantworten. „Liebe Brüder, vielleicht brauchen wir keinen Scheich, dem wir blind folgen.“

Dawud, dem treuesten und blindesten Anhänger Al-Tripys, passt das nicht in den Kram. Er würde am liebsten die Uhr zurückdrehen: „Ho, ho, ho. Nicht so schnell, Nwankwo! Erklär doch erstmal, woher du diesen Wettzettel hast!“

Da springt ein anderer 73er Taha zur Seite: „Warum machst du denn Nwankwo an? Als ob er es ist, der was verbrochen hat!“ Und noch einer verteidigt Taha: „Was spielt’n das noch für ’ne Rolle, wo Nwankwo den Zettel herhat? Wir haben doch alle gesehen, dass er echt ist.“

Aber Taha beruhigt die Gemüter: „Schon gut, schon gut! Ist auch kein Problem, das zu erklären. Ein Freund hat mich mit Scheich Al-Tripy gesehen, als wir den Infostand in der Fußgängerzone hatten. Ihm ist Al-Tripy aufgefallen, mit seiner schwarzen Dschalabiya, dem gelben Turban und so. Dieser Freund war zur selben Zeit im Wettbüro wie der Scheich. Von ihm habe ich den Wettschein. Wallahi, ich konnte das kaum glauben. Al-Tripy? Aûzubillâh. Das ließ mir keine Ruhe, ich konnte kaum schlafen. Trotzdem wollte ich Al-Tripy die Chance geben, das zu erklären. Aber hat er das vorhin gemacht?“

Die 73er stimmen Taha zu, bis auf Dawud, der platzt gleich vor Wut: „Bestimmt wollte er mit der Wette nur noch mehr Geld herausholen. Kann doch sein!“ Aber die anderen schauen ihn nur schief an. Dawud: „Vielleicht ist er spielsüchtig. Dann braucht er doch unsere Hilfe!“ Darauf antwortet der Schmächtige, der auf seinen Platz so eingeengt sitzt: „Al-Tripy selbst hat uns immer beigebracht, dass wir uns um die Süchtigen nicht kümmern sollen. Nein, dem helfe ich nicht!“

Nachdem Taha sicher ist, dass keiner Dawud folgen wird, und sie auf ihn hören, schlägt er vor: „Was haltet ihr davon, dass wir uns nächste Woche treffen und dann überlegen, wie es weitergeht. Al-Tripy ist für uns vielleicht gestorben, aber das darf uns nicht vom Islam abbringen!“ Die 73er stimmen dem Vorschlag zu. Einer befürchtet schon: „Nwankwo, kannst du dir noch einmal überlegen, ob du nach Syrien gehst? Wir brauchen dich jetzt hier!“ Die anderen nicken eifrig mit dem Kopf. Sie erinnern daran, was Al-Tripy vor einer halben Stunde sagte: Taha selbst wäre am besten geeignet, nach ihm die Gruppe zu führen. Taha verspricht, darüber nachzudenken.

Nach einer Weile gehen die ersten. Es gibt noch ein paar Gespräche zu zweit und zu dritt, viel Kopfschütteln und angewiderte Blicke Richtung Al-Tripy, der immer noch einen auf bewusstlos tut. Dann sind auch die letzten gegangen.

Kaum ist die Tür geschlossen, möchte Al-Tripy aufspringen und Taha an die Gurgel. Aber dazu kommt es nicht, denn es klingelt an der Tür. Al-Tripy hat Angst, dass jemand etwas vergessen hat und legt sich wieder hin. Taha macht die Tür auf. Hereinspaziert kommen Karim und seine Freunde. „Was’n mit dem los? Hat er mal wieder zu viel Chilli gegessen?“, lacht Karim.

Al-Tripy erkennt auch mit Augen zu, wer da kommt. Er läuft gleicht Amok. Doch kaum steht er auf zwei Füßen, sieht er, dass auch Sebastian in seinem Wohnzimmer steht. Ist das ein Geist? Ein zweites Mal innerhalb von einer Stunde fällt Al-Tripy in Ohnmacht. Dieses Mal wirklich. Als er dann wieder aufwacht, sitzt nicht mehr Taha an seinem Kopfende, sondern drei Polizisten. Sie legen ihm Handschellen an und nehmen ihn mit.

Eine Woche später lädt Taha die 73er in die Moschee ein. Vorher hat er mit Kadir Hodscha abgesprochen, dass sie sich im hinteren Teil des Gebetsraums ungestört unterhalten dürfen. Sebastian ist auch dabei. Er erzählt ihnen von den vielen Lügen Al-Tripys. Das wirkt. Taha schlägt vor, dass sie sich einmal in der Woche hier in der Moschee treffen und über ihren Glauben sprechen.

Kurze Zeit danach kehren Ilıcan, Amin, Taha und Karim nach Berlin zurück.

Die 73er bauen Woche für Woche immer mehr Vertrauen in Kadir Hodscha auf. Er wird für sie einen Lernkreis anbieten, an dem auch Sebastian und Malik teilnehmen. Es wird bei den meisten zwar noch viele Monate dauern, aber dann werden sie es schaffen.

Nicht ganz so lange dauert es, bis der kleine Muhammad aus der Türkei einreist. Was für ein Wiedersehen! Sebastian wird wirklich für ihn wie ein großer Bruder, der die ganze Verantwortung und Erziehung nach dem Tod der Eltern übernimmt. Das ist das Beste, was dem kleinen Muhammad in seiner Situation passieren konnte. Und für Sebastian auch, denn die Aufgabe und die aufrichtige Ibâda geben ihm den Halt, den er so dringend in seinem Leben benötigte.